U002999

留住夏日最後的蟬鳴

A Love That No One Will Bless

Misa

相愛在心照不宣的謊言裡，
這是我和他唯一能擁有愛情的方式。

楔子

深藍的頭髮在舞台上左右晃動著，像是炙熱的藍火奪去所有人的目光。

他開口，滄桑的嗓音沁入每個人內心深處，像是唱進靈魂中缺失的那一塊，引出自己都遺忘的哀傷，然後再撫平它。

在電腦螢幕前的女孩掉下了眼淚，聽著這嗓音，將那人的容貌深深刻進記憶之中。

這已經是三年前的影片，看起來是在某個地下演唱會的側錄，原先以爲這樂團還有其他影片，但是無論她怎麼搜尋，這都是唯一的一部。

過了幾天，連這唯一一部影片都被刪除了，她私訊上傳者，得到的回應是——侵犯版權。

她又詢問了對方樂團的名稱是什麼，可是上傳者卻一直沒有回應。

當時就讀國中的她，只能將這份小小的遺憾放在心裡，只有那頭藍色的頭髮如同褪不去的印記，存在於她的心中。

直到幾年後，她才意外得知，那個樂團的名稱爲blindness。

第一章

夏蟬很討厭自己的名字，夏天的蟬，聽起來就很不討喜，感覺很吵又很熱，最重要的是，蟬只有七天的壽命，好像在預告自己一生短命一樣。

國中的時候，老師放了一部名爲《第八日的蟬》的電影給他們看，一看到片名時，班上的同學們都看向夏蟬，然後喊著「夏蟬，妳活到第八天了耶」。

夏蟬覺得大家十分幼稚，小時候她雖然也曾大聲反駁，卻招來男生更多的譏笑，甚至惡意模仿她的動作，所以夏蟬學會了把情緒放在心裡。

反正別理他們，這些人就不能再多做文章。

夏蟬只是靜靜地觀賞電影，但這部電影也讓人很不愉快。故事一開始女主角便在嬰兒時期被人抱走，結果她一直以來認定是媽媽的人原來正是誘拐她的犯人，並在她小時候被警察逮捕，使她產生陰影，後續則是女主角逐漸長大的故事。

被偷走的人生、被毀了的人生，好吧，或許故事結尾還是有點希望。

幼稚的同學到了高中就消失了，或許和她就讀青海這所有名望的學校有關係吧。雖然該校的綜合排名不是第一，但其升學率頗爲優秀，更重要的是，青海高中是青海集團所創辦的學校。

青海集團是國內數一數二的財團，由北野家族一手創立，業務橫跨各種領域，經營得有聲有色。目前掌權青海集團的北野家的獨子——北野晴海，也在青海高中就讀。

想當然耳，有著帥氣外型的北野晴海，再加上雄厚的身家背景，說他是全校最受歡迎的人也不爲過。儘管他似乎很愛惹是生非，不算安分的富家子弟，依然是眾多女生暗戀的對象。

夏蟬對北野晴海這個人沒有興趣，只是有點好奇生在大財團家是什麼樣的感覺罷了。

「夏蟬，上次借妳的筆記看完了嗎？」一個五官立體宛如模特兒的男生問。

「差點忘了還有你。」

「妳在說什麼？」紀青岑狐疑。

紀青岑，成績曾短暫登上全校第一名，受女生歡迎的程度不輸給北野晴海，不過無論是北野晴海還是紀青岑，都名草有主了。

他們喜歡著同一個女孩，時常在下課時間過去找她。或許是因爲這個緣故，紀青岑和每個女生都保持距離，只會和夏蟬會稍微聊天，大概是他可以明確感受到夏蟬對他沒興趣吧。

「我剛剛在想，北野晴海是全校最受歡迎的人，結果一看到你，就想到差點忘了你。」

聽完夏蟬的話，紀青岑皺起眉頭，「這種事不用記得我也沒關係。」

「就我看來，你好像刻意在降低自己的光芒喔。」夏蟬從抽屜拿出筆記本，交到紀青岑手上，「筆記明明寫得工整又詳細，但上次改你的小考考卷，成績很不優耶，錯一些很智障的問題。」

紀青岑不做任何澄清，「我記得還有一本筆記。」

「啊，我放在家裡，明天給你。」夏蟬看著他，「所以說，你不考第一名的原因，是怕更受歡迎嗎？」

紀青岑聳肩，沒有回答。

「算了，你也是怪人一個。」夏蟬也學他聳肩。

紀青岑轉移了話題，「妳們社團展決定要演出什麼了？」

夏蟬嘖了一聲，說到社團成發她就有點不爽，「照理來說，禮堂舞台應該優先給我們話劇社使用，可是卻被熱音社占去時間！」

「熱音社也需要舞台才能表演吧。」紀青岑歪頭。

「不是啊！熱音社可以去外面的舞台，幹麼跟我們搶室內舞台。」夏蟬雙手環胸，「而且還搶我們最想要的時段！」

「那怎麼解決？」

「我還在跟他們的社長協調。」夏蟬嘆氣，「你們日本文化研究社感覺就很和平，真好。」

「不然妳也過來加入啊。」

「我才不要呢。」話說到一半，夏蟬看見走廊有個女孩，正用打量又帶著些微敵意的目光看著自己。

夏蟬朝紀青岑一笑，「先不聊了，你女朋友來了。」

紀青岑回過頭，原本略微冷酷的表情軟化，露出了微笑，「雨菡。」

「青岑。」短髮女孩也露出了甜蜜的笑容。

夏蟬想，雖然之前與她打過照面，但現在可能需要再次主動打聲招呼，才不會一直被對方當成隱形敵人吧。

「嗨，蘇雨菡，我們上次見過，我是夏蟬。」

「啊，我知道，妳是青岑在班上最好的朋友，對吧？」

「嗯……因爲只有我對紀青岑沒有任何遐想，所以他才願意和我當朋友。」夏蟬打開天窗說亮話，這讓紀青岑噗哧一聲，也讓蘇雨菡微微睜圓了眼睛。

「妳怕她嫉妒？」紀青岑打趣地說。

「亂講，我才不會嫉妒。」蘇雨菡哼了聲，臉頰隱隱泛紅。

夏蟬則是笑了笑，不意外地看見北野晴海從另一邊出現，朝這裡走來。

「你們兩個，過來一下。」他吆喝著，紀青岑和蘇雨菡對看一眼後，露出沒辦法的神情，往北野晴海的方向走去。

夏蟬靜靜看著他們三個人站在一起說話的場景，那彷彿已成爲青海的名場面……嗯，雖然有點奇怪就是了。

「夏蟬，妳現在有空嗎？」

董炎成的頭髮染成金色，看起來卻不俗氣。身上的制服未依照校規規定，褲管折成七分褲，露出了腳踝，還穿著鮮豔的襪子搭配白色布鞋，襯衫釦子沒扣起，可以看見裡頭熱音社的團服。

熱音社的人就愛特立獨行，這是夏蟬對他們的刻板印象。

「嗯，有空。」語畢，她走出教室。

董炎成是熱音社的社長，最能代表熱音社來和她談演出時間。

「我們熱音社一定要在那個時段表演才行，畢竟唱歌要開嗓啊，下午時段的聲音比較好，所以早上就讓你們話劇社使用舞台呀。」

瞧他說得頭頭是道，好像把時間施捨給了她一樣。

「你們要開嗓，話劇社就不用開嗓嗎？大家的台詞又不是預錄的，所以我們也要下午的時間。」夏蟬絕不退讓，下午才是最多人的時候，若表演時間定在早上，要給誰看？

「不一樣啊，你們是講話，我們是唱歌耶。」董炎成笑笑。

「你們怎麼不用室外舞台，來跟我們搶禮堂？演唱會不是在空曠的地方比較好嗎？」

董炎成瞪大眼睛，略顯誇張地張大嘴，「哇，外行人啊！這就是妳不懂的地方了，在空曠的地方演唱，妳知道聲音會有多乾嗎？學校的設備也沒多好，聲音會飄散，無法凝聚！」

夏蟬翻白眼，他說的她當然知道，可是她才不在乎呢。

「總之，我們就是要下午一點半的時段表演話劇，你們改時間吧！」

「沒得商量？」

「對！」夏蟬堅持。

「這樣不行，我們平常練習已經把禮堂讓給妳們用，在戶外練了，不能這麼不公平呀。」董炎成吹了一下瀏海，看起來十分欠揍。

然而夏蟬還是聽到旁邊經過的女同學講了一句「好帥」。到底哪裡帥了？夏蟬滿頭問號。

「不然怎麼辦？需要分配禮堂使用時間的社團就只有我們兩個，話劇社不用說，表演道具和背景一定需要禮堂的舞台，你們熱音社就委屈一點吧。」

「哇！瞧妳說得臉不紅氣不喘。」董炎成又做了一個誇張的表情。

「不然怎麼辦？」夏蟬重複問了一次。

「我們來場公平的競賽吧？」他說。

「競賽？你要比什麼？」

董炎成想了想，「兩個社團一起唱歌比賽？」

「你們是熱音社，我們跟你們比唱歌，瘋了嗎？」

「又不是要你們跟我們比彈奏樂器。最近新開的那家KTV不是有評分機制嗎？我們兩個社團一起去，唱歌總分高的那一團就能選擇下午時段，妳覺得呢？」

「太麻煩了吧，難道不能大家一起猜拳就好嗎？」

「這也太簡單，我覺得有點娛樂性比較好。」董炎成聳肩，「我們兩社因爲表演時間和競爭禮堂使用權的關係，鬧得不是很愉快，趁這個機會交流一下感情。」

夏蟬仔細思考，心想董炎成說得也沒有錯，每次社團練習時總是和對方爭執，如果能和睦相處的話，未嘗不是件好事。

而且，夏蟬對於他們話劇社的歌聲很有自信，畢竟她聽過熱音社的表演，但熱音社卻不知道他們的實力。

「好，那就這樣決定。」

「太好了，我們交換一下聯絡方式，確定時間人數以後，我來訂包廂吧。」

「嗯。」她就這樣和董炎成交換了聯絡方式，手機上出現一個金髮裝酷男生的頭像。

快上課的時候，紀青岑回到教室，開口問：「剛才那個是熱音社的人吧？」

「喔？沒想到你有在注意學校的人耶！我以爲你只在意北野晴海和蘇雨菡。」夏蟬打趣道。

紀青岑只是聳肩，「你們喬好時間了嗎？」

「沒，我們決定要用唱歌比賽來決定使用禮堂的時間。」她把剛才的事情簡短地說一遍。

紀青岑忍不住笑了出來，「就這樣被要到聯絡方式啦？他也滿有手段的呢。」
「不然怎麼聯絡？」夏蟬聽不太懂。
「沒事，當我沒說。」紀青岑拿出課本，嘴角的笑意沒有消失。

下課後，夏蟬拿出手機，手指在搜尋欄處停頓，最後把手機放回口袋，改拿出鑰匙，打開家門。
「我回來了。」
「回來了啊。」媽媽正好端著水果走出來，她的臉上永遠都是溫柔的笑臉，「快點洗洗手，換件衣服，先來吃點水果吧。」
「好。」夏蟬脫掉鞋子，走進客廳，微風從窗外吹進室內，使得室內點燃的檀香精油飄散得更廣。
打開了房間的電燈，將書包丟往一旁的小桌子上，夏蟬坐到一張椅子上休息。
檀香的味道沒有傳到房間裡來，眞是萬幸，她不喜歡檀香的味道，大概是因爲莫名會讓她想到蟬吧……雖然兩者之間並沒有直接關連，但不知道爲什麼，夏蟬就是不喜歡。
她問過媽媽，爲什麼會把自己取名爲夏蟬呢？她的爸爸甚至不姓夏。

「因爲算命的說，妳的命格要先過給別人家養，才會平安長大，過戶的家族姓夏，所以妳才會叫這個名字。」這是媽媽給出的理由。

她好像在夏家生活到兩歲左右，父母才把她接回來。神奇的是，接走她以後，爸媽似乎也沒再與夏家聯絡，她甚至沒有在夏家生活過的記憶。

她曾在網路上查過，確實有「過房」這種習俗，只是沒想到都這個時代了，父母還會相信這種事情。

不過既然都發生了，夏蟬也就認命，父母說要等她二十歲以後，才能決定是否改名改姓，在此之前，她就先當一隻活不過七天的……夏天的蟬吧。

「小蟬，不是要出來吃水果嗎？」

「喔，好！」夏蟬趕緊回應母親的叫喚，看來她想消極等待檀香味道散去的計畫失敗了。

換下了制服，來到客廳，媽媽與她一面看電視，一面聊學校的狀況。儘管對話千篇一律、平凡又瑣碎，還伴隨著討厭的檀香，不過夏蟬倒是很享受這樣的母女時光。

「對了，媽，我最近可能會和朋友約去唱歌。」

聽到這句話，媽媽明顯停頓了一下，原先在電視上的視線移到了夏蟬臉上，「唱歌？」

「嗯，因爲我們話劇社和熱音社要搶表演時間，所以約好要比賽唱歌來決定。」她簡短說了事情的始末。

「熱音社……我以爲只有彈奏樂器……沒想到還有唱歌。」

「就像樂團那樣，他們有主唱，也有負責彈奏樂器的人。」

熱音社有很多社員，但樂團只有一個，他們通常會輪流上台表演。董炎成是固定班底，先不說他是不是因爲社長的身分可以濫用職權，才能每次都出場，客觀地從音感、歌聲、節奏，以及彈奏樂器的技巧等各方面來看，他的能力都不在話下，所以他便是永遠的主唱。

「妳平常社團練習都跟他們用同一個場地是嗎？」媽媽又追問。

「喔，沒有，他們平常會去外面練習，只是這次表演希望可以在禮堂舞台。」夏蟬對於媽媽的緊張感到有些奇怪，「怎麼了嗎？」

「沒什麼，只是想說，妳怎麼會忽然想去唱歌。」媽媽喝了一口茶，又馬上吃了水果。

眞的很奇怪。

「媽？」

「去唱歌記得早點回來喔。啊，妳看這間民宿好像很不錯，我們下次去吧！」

媽媽率先結束了話題，夏蟬便不再追問，和媽媽吃著水果聊著天，然後聞著那令她不舒服的檀香味道，度過這段時光。

晚上等爸爸回家後，他們一家人溫馨開飯，聊到一位叔叔最近老來得子，他的太太又懷了第二胎。

「他們也很有勇氣呢，這樣老二和老大差了幾歲？」

「差了十五歲吧，這樣也不錯，多個人可以幫忙照顧，也不會有爭寵問題。」爸爸的口吻似乎很羨慕，所以夏蟬順著話說：「這樣的話，爸媽可以考慮生弟弟或妹妹給我啊，我也會幫忙照顧唷。」

她說完後笑了笑，卻發現爸媽沒有半點反應……與其說沒反應，不如說兩人的臉都僵掉。

「怎麼了嗎？」夏蟬困惑，畢竟爸媽的感情很好，每天都還會牽手一起去散步，有個弟弟妹妹也不是不可能啊。

「哎、哎唷，我們年紀都一大把了。」媽媽乾笑著。

「哪會呀，叔叔的年紀比你們還大，他們家也有第二胎啦。」夏蟬想像著，要是現在有個小嬰兒來當自己的弟弟或妹妹，一定很可愛……她忽然好想要一個喔！

「那不一樣。好了，別說了，快吃飯吧！」爸爸打斷了話題，餐桌上陡然陷入沉默。

夏蟬不覺得自己說錯話，可是爲什麼氣氛好像變得有點糟糕呢？

吃完飯後，夏蟬回到房間，她在網路上搜尋「藍髮、主唱」，然而什麼也沒找到。

當年她在網路上無意中看見的地下樂團，竟成了一場夢似的，那歌聲與樂曲在她腦中盤旋多年，可是卻再也找不到那個樂團。

爲什麼當時自己沒有記下樂團名稱呢？爲什麼沒有存檔呢？夏蟬感覺萬分懊悔。

她邊寫作業，邊哼起那首歌，想著不知道有沒有機會再聽見那個主唱唱歌。

「啊，上次和紀青岑借的筆記呢？」她小聲嘀咕，站起來往門邊的書櫃走去，忽然聽見門外的聲音。

她停頓了一下，但沒有太在意，想著或許是爸爸或媽媽要去洗手間。她繼續找尋紀青岑的筆記本，這時她發現外頭是兩個人說話的聲音，而且非常小聲，像是怕她注意到。

夏蟬不自覺放輕動作，想知道爸媽在說什麼。

「她在哼歌，你有聽見嗎？」

「妳太大驚小怪了，誰不會哼個兩句？」

「但是……她剛才說要和朋友去唱歌。」

「就說妳太大驚小怪，和朋友去唱歌又怎麼了？」

「可是……」

「好了，妳不要反應太大，這些都是正常孩子會做的事！」

媽媽似乎還說了些什麼，不過他們已放輕腳步緩緩離去。

夏蟬站在原地……太奇怪了，她不過是哼個歌，爲什麼媽媽會這麼在意？

仔細想想，一直以來，媽媽總是避開唱歌這件事。童年時期沒唱歌哄過她，就連她跟著卡通一起唱歌跳舞時，媽媽也會露出複雜的表情。

記得有次爸爸下班回來喝醉了，開心地唱了幾句，媽媽馬上就大聲喝止，還對爸爸發了好一頓脾氣。

她原先都沒有太在意，然而這次要她不放在心上也不行了。

只是她不懂，「唱歌」是一件錯誤的事嗎？

✦

KTV包廂像是另一個世界，所有聲音都被鎖在這裡，迴盪、盤旋，震耳欲聾的音樂直搗腦門。

夏蟬看著四周的牆壁，感覺自己彷彿被困住出不去，讓她有些心慌地想逃離。

不過旋繞的歌聲輕快歡騰，快樂的氣氛感染每個人，夏蟬的心情也稍微放鬆了些。

「夏蟬，妳不唱嗎？」董炎成來到她的座位邊，把遙控器遞給她，「不能只有社員唱喔，我們身爲社長也要唱。」

「我當然知道，但我們是壓軸啊。」夏蟬有點緊張，她沒有在別人面前唱過歌，這甚至是她第一次來到KTV。

「那妳要點什麼歌？我們乾脆點一首男女對唱，一次定生死！」董炎成下了戰帖。

「好啊，沒問題。」對方丟來的直球，她哪有不接的道理，何況唱歌的目的可是要爭奪表演的時段呢！

於是，夏蟬拿起麥克風，周遭的人都屏氣凝神，尤其是話劇社的社員們，因爲他們從來沒有聽過夏蟬唱歌。

她吞了口唾沫，張口唱起這首她聽過卻沒唱過的流行對唱情歌。

她一開口，所有人瞪大眼睛，連董炎成都忘記輪到自己接唱。他們聽著夏蟬婉轉的嗓音，宛如高山落下的瀑布奔流到田野變成潺潺小溪，歌聲清澈、毫無瑕疵，洗滌了所有人的心。

「太誇張了吧……」董炎成喃喃自語，雙眼露出了興奮的光輝，夏蟬的聲音比他聽過的任何聲音還要好，也比自己的還要好。

「有這樣的聲音還參加什麼話劇社？應該參加我們熱音社啊！」

「來當主唱啊！」

不僅董炎成這麼想，連其他社員也都此起彼落地附和。

不過一聽到社員說要換掉主唱這句話，董炎成還是不能姑息，他瞪了說話者一眼，對方趕緊假裝喝飲料。

沉浸於演唱中的夏蟬並沒有聽到其他人的聲音，她閉上眼，似乎進入了另一個獨立世界。在這個世界中除了有她的聲音，還有另一個歌聲伴隨，像是背景音樂一樣，一開始很小聲，之後卻逐漸放大，最後與她的聲音重疊，變成了合唱——是國中時期她看過的影片，那位深藍色頭髮主唱的聲音。

曲落，夏蟬睜開了眼睛，發現整個包廂靜悄悄的，所有人都睜圓眼睛看著她。

「怎、怎麼了嗎？」她尷尬地放下麥克風，從來沒有在別人面前唱過歌的她，看見大家的反應，有些手足無措。

「天啊！社長，妳唱歌唱得太好聽了吧！」

「眞的！我第一次聽別人唱歌，聽到整個呆住耶！」

幾個社員衝過來圍住她，包廂響起了如雷的掌聲。

「放棄話劇社，來我們熱音社吧！」現場出現了社團搶人的聲音。

「眞的好聽，連我都甘拜下風。」董炎成一面點頭一面拍著手。

沒想到會受到眾人的稱讚，夏蟬頓時不知作何反應。

「不要害羞，社長，是眞的很好聽！」

「這麼說……是我們贏了對吧？」夏蟬露出調皮的笑臉，看了一眼一旁的董炎成。

「啊！」董炎成根本沒唱幾句，完全忘記今天是來比賽的。

不，就算他唱了，結果也已經注定了。

「我們輸了啦！心服口服！」熱音社的社員倒是看得很開。

對他們來說，聽到好的歌聲比在好時段表演更重要，這場比賽的勝負已經不是重點了，重點是他們挖到了一塊璞玉。

最後，這場比賽直接變成同樂會，大家聊天、唱歌、吃東西，夏蟬從來沒有和朋友度過這麼開心的時光。

活動結束後，她哼著歌回家，一進家門就看見媽媽臉色怪異地從沙發上站起來。

「媽，我回來了。」

「回來啦，今天開心嗎？」

「很開心啊。」

「我聽到妳在哼歌，妳……喜歡唱歌嗎？」

媽媽的問句很奇怪，夏蟬聳聳肩，「沒有特別喜歡，但也不討厭。」

「是、是這樣啊。」媽媽有些僵硬地笑著，「我們今天晚上出去吃吧，妳去準備一下。」

「喔，好呀。」她將包包放到一旁。

怎麼總覺得媽媽的態度很詭異，好像很不喜歡她唱歌？

✦

「我知道了！」

夏蟬把這件事情分享給補習班的好友——歐芊華，只見她認真地點頭，然後露出深不可測的表情。

「妳知道什麼？」

「就是妳媽媽的反應呀，我已經解開謎團了。」

「妳推理漫畫看多了吧。」夏蟬忍不住吐槽。

「我可是很認眞喔，百分之百就是我猜的這樣沒錯。」她模仿福爾摩斯吸菸斗的模樣，搖著手指頭說：「妳媽媽年輕時，曾經被才華洋溢的音樂家吸引，兩人有了一段淒美的戀情，然而抵不過現實的因素，追求崇高夢想的流浪音樂人還是選擇離開，留下妳媽媽一個人，就在這時候，妳媽發現自己懷孕了！可是她已經找不到音樂家，也不想成爲他追求夢想的絆腳石，決定一個人扶養妳長大，也就在這時候，她遇見了妳溫柔又痴情的老爸，將妳視如己出，兩個人共結連理後，決定隱瞞妳這個祕密。沒想到妳長大後，就像是在提醒妳媽血緣是騙不了人的，就這麼愛上了歌唱，還開始唱起歌，妳媽媽害怕妳會發現這個事實，所以才會擔心！」

歐芊華說得煞有其事，雖然根本沒有根據，卻莫名有說服力，這種灑狗血的劇情好像有可能會發生……

「妳這樣講讓我好擔心！」

「觀察疑點！妳爸媽和妳長得像嗎？」

「我也不知道，這是他們的照片。」夏蟬趕緊滑開手機照片，將爸媽的照片給歐芊華看。

歐芊華瞇著眼睛，若有所思，「嗯——」

「怎麼樣？」夏蟬嚥了口水，十分緊張。

「我只能說，妳爸媽長得眞是好看，果然基因強大啊！」

「吼，認眞一點啦！」夏蟬翻了個白眼。

「哈哈哈，說實話，要說不像也不是不像，但要說像也沒有很像。」歐芊華也拿出手機，點開了一張一家四口的照片，「妳看，這是我表妹家，他們全家幾乎長得一模一樣。可是你看我們家，我和我哥跟爸媽就沒有很像……」

夏蟬仔細比對，確實是這樣。

「所以這也不準。」歐芊華聳肩。

「那妳剛才在那邊講得頭頭是道是怎樣！」她伸手捏了歐芊華的臉頰。

「哈哈，我只是講講而已，話說妳看身分證後面不就知道了嗎？」

眞是一語點醒夢中人，夏蟬覺得自己怎麼這麼糊塗，被歐芊華說了一兩句話就亂了心智。

「我眞是白痴，不該相信妳的胡言亂語。」她忍不住又翻了一次白眼，無論是身分證還是戶口名簿，夏蟬都看過，她貨眞價實就是爸媽的女兒。

「哈哈哈。」歐芊華邊笑邊倒在夏蟬的肩膀上。

「那邊的，別再玩了，要上課了。」老師走進教室，吆喝著大家快點就位。

歐芊華平時不正經，不過上起課來非常專心，成績甚至是補習班中的佼佼者。

補習班下課後，歐芊華的男朋友已經在門口等她，她興高采烈地衝到男友的車旁，對著夏蟬揮手，「我先回家了喔！妳也別太煩惱了。」

「路上小心。」夏蟬也揮了揮手。

透過車窗可以看見歐芊華的男朋友正握著方向盤，是個大她十歲左右的男人。

高中生和快三十歲的男人交往，這件事要是被她父母知道，想必會掀起一場家庭革命吧……然而這不是夏蟬該管的事情，她也沒有理由插手對方的感情。

踏上回家的路，她拿出手機慣性地搜尋「藍髮、主唱」等關鍵字，依舊沒有收穫。這已經變成她的習慣了，不斷搜尋重複又無意義的文字，以爲能找到當時的樂團，最終絲毫未果。

這時，董炎成傳來了訊息，「夏蟬，妳要不要考慮一起表演？」

來訊沒頭沒尾的，夏蟬搞不清楚狀況，索性已讀不回。

不到五分鐘，董炎成便直接打電話過來。在這個有LINE的時代，直接撥電話變成了一件沒禮貌的事，夏蟬皺著眉接了起來。

「幹麼已讀不回？」

「你又幹麼打電話過來？」夏蟬模仿他的語氣。

「因爲妳已讀不回啊！」董炎成理直氣壯。

「因爲我看不懂你在講什麼。」

「我說，我們表演時間不是喬不好嗎？」

「什麼喬不好，我們不是已經喬好了嗎？我們話劇社是下午時段呀！」這位仁兄想賴皮嗎？

「喔，其實我想找妳討論別的事啦，就是啊，妳唱歌這麼好聽，待在話劇社太可惜了！」

「你想挖角？」

「不是，我們難道不能合作嗎？」董炎成講得興奮，「我們熱音社和你們話劇社一起表演，變成音樂劇怎麼樣？」

夏蟬停下腳步，腦中浮現了音樂結合戲劇的特別舞台，讓台下響起了熱烈的掌聲。

「……董炎成。」

「怎麼樣？」

「不得不說，你滿聰明的啊。」夏蟬一笑，這確實是個好主意。

「這樣劇本是不是要重寫啦？」董炎成也在電話那頭笑了。

夏蟬一面講電話，一面往回家的路走，途中不小心撞到了一位留著褐色蓬鬆長髮、穿著清涼的女人，她也正對著手機說話。

「抱歉抱歉。」潘呈娜對夏蟬點頭道歉，看了一眼夏蟬的制服後，又繼續往前走，「我剛撞到了同高中的學妹。」

「喔。」電話那頭的男人低聲回應。

「你感冒喔？」

「沒有。」

「你還是很難聊耶！不管了啦，我剛剛的提議你覺得怎樣？」

「園遊會去青海表演這件事？其實青海有發邀請，我們已經答應了。」男人輕描淡寫地說。

「不是，我是說叫你假裝我男朋友的事！」

「又來？去年不是已經假裝過一次了？」

「這次不太一樣，我之前去聯誼遇到怪人一直纏著我，所以……」潘呈娜嘆氣，

「對方死纏爛打，你這麼帥，他看到一定馬上知難而退。」

男人沉默了片刻。

「赫泓，你有沒有聽到啦？」

「聽到了，我可以答應妳，但妳幹麼要去聯誼？妳對男人不是沒有興趣？」赫泓覺得奇怪。

「因爲參加聯誼的人是現在就在律師界工作的人，我們當然好奇。反正謝謝你啦，你最好了。」

「好吧，那……妳和妳那個女朋友還好嗎？」

「就暫時那樣啊，相約於未來嘍。」

「眞是辛苦妳了。」赫泓笑了聲。

「好啦，下次請你吃飯。」潘呈娜笑著掛斷電話後，長長地嘆了一口氣。

她抬頭看向天空，由衷希望她是世界上最後一個戀愛談得如此艱辛的人了。

願所有人，都可以和喜歡的人在一起，並受到祝福。

第二章

「所以你們要一起表演?」紀青岑咬著麵包，有些驚訝地張大眼睛，「最後居然是這樣的結果。」

「因爲所以……就變成那樣了。」夏蟬聳聳肩，不好意思告訴紀青岑是因爲自己的歌聲被誇獎了。

「音樂劇啊，我知道妳演戲可以，但唱歌……妳行嗎?」紀青岑挑眉。

「你不要瞧不起我喔。」夏蟬也學了他的表情，「到時候記得來看我們的表演。」

「我哪次沒去看?」

「是是是，眞的是感謝齁!」夏蟬笑著，她只是逗紀青岑罷了，她可不想和吃醋大王蘇雨菡爲敵，更何況他們背後還有北野晴海這個狠角色呢。

「說到這個，你女朋友現在也是攝影社嗎?」

「是啊。」

「爲什麼你跟北野晴海沒有想和她同一個社團?你們明明很愛黏在一起。」

「偶爾還是要有喘息空間。」紀青岑說的話和心裡想的可不一樣。

「哈哈,最好是,我猜一定是蘇雨菡說想保有一點私人空間吧。」

紀青岑聳肩,「妳知道她是我們兩個的女朋友,也沒有任何想法嗎?」

「我要有什麼想法?」

「一般人會覺得很奇怪。」

「喔,對一般人來說的確很奇怪吧,神奇的是,我覺得還好。」不愛八卦的夏蟬決定就此打住話題,「反正對我來說,她就是你們兩個的女朋友,就這樣。」

紀青岑帶著怪異的眼神看著夏蟬。

「怎樣?」

「沒,只是覺得妳很奇怪。」

「你才沒有資格講我。」她只是覺得每個人對於愛情都有自己的想法,不需要過問,也不需要評論,反正不關自己的事。

「所以我才喜歡跟妳做朋友。」紀青岑微笑,看起來心情不錯。

「這句話可不要被你女朋友聽到嘍。」夏蟬打趣地說著。

「這倒是眞的。」紀青岑如此回應。

董炎成在走廊外張望了半天，終於和夏蟬對上眼，招了招手。

夏蟬看了一眼後起身走了過去，「你什麼時候過來的？」

「已經來幾分鐘了，但是看到妳跟紀青岑聊得開心，不好意思打擾嘍。」董炎成邊笑邊說，頗不正經。

「你很無聊。」

「我懂，紀青岑跟那個四班的女生很曖昧對吧？我會支持妳的，加油！」

「你是不是欠打啊！」夏蟬舉起手就要打人。

「別、別……開玩笑的！」董炎成趕緊求饒。

「有話快說！」

「好凶！好啦，你們社團中午有空嗎？要不要找幾個可以決定事情的人開會一下？」

「我昨天和幾個社團幹部提過大致上的表演方向，他們覺得沒有問題，唯一有疑慮的是，兩個社團合併表演的話，演出時間是不是得加長？還有要找誰寫全新劇情？」

「中午的時候再討論好了。」董炎成一時半刻也沒辦法決定。

「嗯。」

「那等下一起吃便當喔！」董炎成丟下這一句，便一溜煙地跑掉了。

「蛤？什麼？」夏蟬喊，然而董炎成已經消失在走廊。

把一切看在眼裡的紀青岑忍不住笑了幾聲，「他是不是要追妳？」

「啊？不要講這種怪話。」夏蟬皺眉，「我和他根本不熟。」

「也常有不認識的人跟我告白啊。」

「我們等級不同好嗎？」夏蟬翻了白眼，對紀青岑的猜測不予置評。

時間來到中午，夏蟬帶著便當到了禮堂，董炎成已經在裡面等著。

「只有你一個？」夏蟬疑惑，空蕩蕩的空間只有他們兩個人。

「也只有妳一個？」董炎成也問。

「我是社長，可以決定所有事情。」夏蟬理所當然地回，況且昨天她已經和幹部們討論過，沒有問題了。

「我也是社長，也可以決定。」董炎成學她的語氣，但見到夏蟬質疑的表情，才咳了一聲補充說：「他們沒什麼意見，說不想浪費午休時間，眞是一群可惡的社員啊！」

「算了，我們就自己決定吧。」夏蟬拉了張椅子坐下，並打開自己的便當。

「妳的便當是自己做的嗎？」

「怎麼可能，是我媽做的。」夏蟬白了他一眼，「快進入正題吧，我還想回去午睡呢。」

「我知道，妳早上提的那幾點我都想好了，戲劇就用你們原本要表演的內容，然後我們另外加入音樂。無論是創作歌曲或是改編，我們社團都滿厲害的，所以不用擔心。」

「表演時間呢？」

「加入歌唱的話，時間自然就會拉長，這應該不算大問題，不用擔心。」董炎成比了個讚。

夏蟬想了想，覺得今天先把表演架構確認下來就可以了，於是將便當蓋子蓋上後站起來。

「等一下，妳要走了？」

「對啊，不是討論完了嗎？我就回教室吃了。」

「呃，也是啦。」董炎成傻笑了一下，「那歌唱人選呢？」

「就交給你們選吧，反正那天你們也都聽過我的社員唱歌了。劇本我會先整理過，把適合加入音樂的地方標示出來，你們再篩選。」

「沒問題，不過不一起吃完午餐嗎？」董炎成又問。

「你的午餐就只有麵包？」

「還有牛奶呀。」他晃了晃腳邊的飲料，「反正都出來了，就一起吃完吧，我們兩個不同班，能這樣一起吃午餐不覺得是很難得的體驗嗎？」

「不覺得。」

「哈哈哈，眞是冷淡。」

夏蟬皺眉，想起了紀青岑的話，雖然不覺得董炎成的態度是喜歡自己，不過她可以感覺得到他積極地想拉近距離。想拉近關係可能有很多理由，像是欣賞她的歌聲，或是同爲社長需要日後協調之類的。

總之，夏蟬還是坐了下來。

「喔喔！」董炎成眼睛發亮。

「這樣你沒話說了吧？」

「當然當然！我其實想問妳，妳唱歌的技巧是天生的嗎？」

「技巧？」

「那天聽妳唱歌，妳使用了相當多轉音技巧耶，但不是刻意爲之的感覺，非常自然。我想說，妳要麼接受過非常專業的訓練，要麼就是天生很會唱！」

「你太誇張了，我沒那麼厲害，只是隨意唱唱。」

「隨意唱唱就能唱成那樣的話，我們這些努力的人不就顯得很可笑了嗎？」董炎成看似說得隨意，不過卻也有幾分認真。

「我不是那個意思。」夏蟬聳肩，她無意傷害他人。

「哈哈，所以就是天生的嘍？妳的家人也很愛唱歌嗎？」董炎成吃著麵包，「像我的家人都很愛唱歌，我從小耳濡目染，所以也喜歡音樂。」

董炎成忽然和自己聊起私事，夏蟬有些措手不及。

所以現在她也要回饋一些私事嗎？可是她不習慣這類的事情，也沒什麼特別的私事可講。

「我家就……很一般，沒有特別愛唱歌。」夏蟬頓了下，別說愛唱歌了，她的家人甚至是避免唱歌。

「那這樣妳還很會唱，很厲害喔，妳有在聽什麼流行音樂嗎？」

「也沒有特別……」她的腦中忽然浮現那位藍色頭髮的主唱，她看向董炎成，他會知道他是誰嗎？

「你知道有個樂團的主唱是藍色頭髮嗎？」

「藍色頭髮？這範圍太廣了吧，東方樂團？西方樂團？多少人？唱過什麼歌？是近期的新樂團嗎？」

董炎成一連串的問題，她都無法回答。

「嗯……我只記得大概的旋律是……哼哼——嗯——」夏蟬哼了幾句。

董炎成歪著頭，認眞思考，而後拿出手機按了幾下，接著放出音樂。

她瞪大眼睛，這就是她記憶中的旋律！

「就是這首！」她大喊，因爲激動不自覺抓住了董炎成的手腕。

「這是很早期的歌耶！連我都費了一番功夫才找到音檔，說眞的，妳要不是問到我，根本沒有人知道喔。」董炎成覺得自己眞是太厲害了。

「他們叫什麼名字？」

「這個團體已經解散了。」

「什麼！」夏蟬頓覺晴天霹靂。

「但原班人馬多半有與其他人再組團，原本的主唱現在沒唱以前的歌了。妳一開始說藍色頭髮我沒聯想到是他，因爲他現在不是藍髮，可能是待在前樂團時的造型，不過我沒有當時的影片，所以我也不曉得他以前是藍色頭髮……」

「那主唱新組的樂團叫什麼名字？」夏蟬只差沒搶過他的手機。

「現在的樂團叫作blindness，主唱是紅髮喔。」董炎成點開網路上的影片，將手機螢幕轉給夏蟬看。

只見一個紅髮的男人在台上嘶吼，那聲音如同她多年前聽到的一樣，直搗她的心靈。

「他叫赫泓。」

影片資訊欄清楚寫著blindness的團員介紹。這些年，她費了多少心思都沒找到相關資料，結果一個無心的午餐之約，就讓她找到了他。

「妳喜歡他們喔？」董炎成當然也發現了夏蟬的怪異行爲。

「也不是……我只是知道這個主唱很久了，一直找資料都沒有找到，沒想到忽然就這樣找到了，覺得很不可思議。」

「我明白，他唱歌很好聽對吧？很多人都是追主唱，他的聲音該怎麼說……跟一般歌手不太一樣，好像……」

「好像唱到你靈魂裡面！」夏蟬迅速接話，看到董炎成微愣的臉才發現自己太激動，她趕緊咳了一聲，「我是說……」

「我懂，就是靈魂深處！」董炎成回握夏蟬的手腕，「我之前跟別人這樣形容，他們都說我太誇張，剛才聽到妳這麼說，我覺得好訝異，沒想到我們的想法會一樣！」

他熱烈的肯定讓夏蟬有點不好意思，可是遇到相同想法的人，不可否認感覺很好。

「對了，既然妳也喜歡blindness，有看過他們的現場表演嗎？」

「沒有，我才剛知道他們是誰而已。」夏蟬思考了一下，「況且我不確定自己喜不喜歡blindness，我只是喜歡主唱的歌聲。」

「主唱赫泓唱歌很好聽，不過人不是很親切就是了。」董炎成聳肩，不親切也無所謂，反正他只是欣賞歌聲。

「我也喜歡他的歌聲，態度差不差無所謂。」夏蟬如是說。

「這樣就好，怕妳是迷妹會對他的態度失望。」畢竟不親切的赫泓時常會傷到一票迷妹的心，董炎成說完後又滑了幾下手機，「夥伴，我跟妳說。」

「夥伴？」

「我有blindness的演唱會門票，就在週末，要不要去？」

夏蟬睜大眼睛，沒想到好消息會接連到來，才剛知道樂團名字，馬上就有機會親眼欣賞表演。

「但是你本來買兩張，不就代表已經找好朋友一起去看了嗎？」

「沒有，我只是習慣性買了兩張，想說到時候看哪個朋友有空陪我去。而且說來慚愧，我們熱音社的人沒妳這麼有品味，像blindness這樣的獨立樂團好像不太對他們的口味，他們比較喜歡大眾流行樂團。」

「如果是這樣的話，那我要去！」能親耳聽見朝思暮想的歌聲，她排除萬難也一定要去。

「好，那就約好啦！」董炎成比了個讚，兩個人敲定好時間，才一起離開禮堂。

回到教室，紀青岑難得八卦地詢問狀況如何，於是她簡短地說了剛才發生的事。

紀青岑嘖嘖稱奇，「董炎成手段很高啊。」

「你眞的好無聊喔。」夏蟬不以爲意，因爲她現在的心情非常好。

✦

得知樂團的名字是blindness後，夏蟬搜尋赫泓容易多了。

這個樂團近幾年開始走紅，還沒有正式出道，在地下樂團中頗負盛名。而主唱赫泓人氣更是一等一，可是他行事相當低調，也沒有創立任何社群帳號，表演的時候只專注於歌唱，從沒看過他和粉絲有所互動。

大多關於赫泓的傳聞都是他冷淡又不理會他人，即便在路上巧遇，粉絲和他打招呼、要求拍照等，赫泓一概不理。

這樣的態度固然招致了一些批評，然而這種硬派作風倒是讓不少人更心動。

夏蟬對這些沒有興趣，她只想親耳聆聽赫泓的歌聲。

她在短短幾天內，透過網路將這些年blindness創作的音樂全都聽完了，甚至還會唱。

不過媽媽依舊害怕她聽歌或唱歌，有一次她房間門沒關，電腦螢幕上剛好是blindness表演影片的暫停畫面，等她回到房間，便見到媽媽一臉凝重地站在臥室中央，問她在聽歌嗎。

「啊，就朋友貼給我的，才剛點開。」不知道爲什麼，夏蟬下意識地選擇說謊。

「原來是這樣……妳喜歡聽歌嗎？還是喜歡唱歌？」媽媽又追問。

「還好，沒什麼特別的感覺。」夏蟬皺了眉頭，「媽，妳討厭我聽音樂嗎？」

「沒、沒有啊，怎麼會這樣問呢？」雖然媽媽這麼說，但她的表情卻明顯流露出心虛。

「因爲妳老是很在意我聽音樂，還有唱歌。」

「我、我沒有，是妳多心了，我只是想知道妳在做什麼而已。」

面對媽媽的不自然，夏蟬也不想追問了。既然媽媽這樣說，她就順著她的話繼續說道：「我這禮拜六要和朋友去看演唱會喔。」

「演唱會？」媽媽驚訝地重複，「是誰的演唱會？」

「一個地下樂團。」夏蟬裝作沒察覺媽媽的驚訝，「我和朋友會一起吃晚餐，結束的時間大概是九點，我會在十點前到家。」

「這麼晚了，好像不太好……」

「表演的地方離我們家很近，我們很多人，我和朋友會結伴，不會落單。」這算是善意的小謊言。

媽媽欲言又止，最後沒再多說什麼，看起來心事重重地離開了房間。

夏蟬想不透，爲什麼媽媽這麼在意唱歌的事情呢？

那天夜裡，她聽見了媽媽和爸爸討論自己要去看演唱會的事情，就跟之前一樣，爸爸要媽媽別大驚小怪，說接觸音樂很正常。後來媽媽又開始壓低聲量，快速地說了些她聽不清的話，爸爸似乎有些厭煩了，打發了幾句後就進去浴室洗澡。

夏蟬雖然覺得奇怪，原本想告訴歐芊華，但想到歐芊華在補習班開玩笑的模樣，瞬間又認爲這不是什麼太重要的事。

反正父母總有一些不希望小孩喜歡的東西，只是媽媽剛好不喜歡她接觸音樂。大概是學習音樂很花錢，又不見得可以得到回報吧——夏蟬自己下了這樣的解釋。

✦

星期六，夏蟬穿了短褲和簡單的素面上衣，背上了小包包就準備出門。

媽媽又是一臉擔心的模樣，但爸爸也在，所以她沒有再多說什麼，只是要她注意安全。

夏蟬來到和董炎成約好的地點，遠遠就瞧見對方站在櫥窗前整理自己的服裝儀容。他穿著皮製背心，上面還有一些銀飾裝扮，乍看之下有點俗氣，不過搭配在董炎成的身上，就跟他的金髮一樣，很適合他。

「喔，夏蟬，妳來了啊。」董炎成從櫥窗反射的倒影發現了夏蟬，趕緊回過頭和她打招呼，然後稍微打量了一下夏蟬的穿著，忍不住一笑。

「怎麼了？」

「沒有，只是和我想得一樣，妳就是會穿這樣。」

「聽不出來是褒是貶。」

「當然是褒嘍。」董炎成開心笑道：「雖然沒有限制大家要穿什麼，不過聽

blindness的時候，大多數的人都會穿得像我這樣喔。」

「是嗎？」

「妳等等就知道了。」董炎成說得自信。

「對了，我要給你演唱會的票錢。」她拿出錢包，卻看到董炎成搖頭。

「不用，是我找妳來的，這點小錢就讓我出吧。」董炎成表現得大方。

「不行，票錢不少吧，況且我對這場演唱會也是有興趣的，就讓我出吧。」事實上，夏蟬事先查過了演唱會的票價，以學生來說確實不便宜，況且blindness的演出活動更是場場爆滿，票並不好買。

「妳還眞是堅持，這樣的話……晚餐跟飲料讓妳請如何？」

「這樣還是我賺到吧。」

「就當作是妳賺到啦。」董炎成看了一下手機，「時間差不多了，我們快先去吃飯，不然就來不及了。」

夏蟬就不和對方玩你來我往的付錢遊戲了，答應了董炎成的提議，他們便往餐廳走去。

到了人聲鼎沸的餐廳，他們兩個被安排到窗邊的位子。一開始因爲這裡像情侶雅座讓夏蟬有些彆扭，然而環境實在太美了，每張照片拍起來都彷彿自帶濾鏡，所以她很快就忘卻尷尬。

而董炎成似乎分不出座位的差異，只專注在菜單上面，最後徵求夏蟬的同意後，隨意點了幾道菜，兩個人便開始拍起照來。

「等等的演唱會可以拍照嗎？」

「不行，場內規定很嚴格，會被抓喔！」董炎成提醒，「赫泓似乎對此很在意，不然地下樂團通常都希望能多多被粉絲們宣傳。不過他們的粉絲都挺聽話的，這也是爲什麼網路上找不太到粉絲隨便亂拍的影片。」

「原來是這樣。」夏蟬想起多年前那部忽然下架的影片，想必就是被檢舉掉的吧。

「還有一些事項要遵守喔，有時候blindness心情好的時候會開放大家互動，但就算妳是死忠粉絲，參加了他們好幾場的活動，也絕對不能問赫泓『記得我嗎』。」

「眞的會有人這樣問喔？」但是希望偶像記住自己的心情，她可以理解。

「對啊，赫泓好像不太擅長記人，問了之後場面會變得很尷尬。總之，這些都是老粉們心照不宣的默契。」

「看來你眞的是死忠粉絲耶。」

「當然，我會加入熱音社，就是因爲國中受到他們的影響啊。」

「可是你卻不知道那時候的赫泓是藍頭髮。」

「不能怪我喔！藍色頭髮時期的赫泓應該是很久以前了，我記得我國中時他就已經是紅髮了。」董炎成大笑。

意外地，這頓飯吃得挺愉快。後來董炎成去洗手間，夏蟬看著窗外風景，對於等等就要親耳聽到赫泓的歌聲感到期待不已。

突然一抹醒目的紅抓住了她的眼球，她看著站在人形號誌燈前，穿著黑色上衣的高大男人，背對著她雙手插在口袋，直勾勾看著前方。

那是赫泓嗎？

不是所有紅髮的人都是赫泓，這點常識夏蟬還是有的，況且她沒有眞正看過赫泓的長相，所以不能確定。

號誌燈轉換，那男人便往前走了。

「好了，我們可以離開了。」這時候董炎成正巧回來。

夏蟬趕緊要他看外面的男人，「那是赫泓嗎？」

「哪一個？」董炎成立刻貼到玻璃窗上看。

「就是過馬路那個，黑色衣服的。」

「看不到，人太多了。」董炎成立刻拿起一旁的包包，「反正我們也吃得差不多了，追上去看看！」

「剛才不是說死忠粉絲不會做出令偶像困擾的事情嗎？」

「唉唷，我們只是看看，又沒有要幹什麼。」董炎成拉起夏蟬往外跑去。

紅燈亮起前，他們快步跑過人行道，一路朝演唱會的地點奔去，果不其然看見剛才的紅髮男人。

「是他嗎？我剛剛看見的就是他！」夏蟬立刻抓住董炎成，只見他眼睛都發亮了。

「對對對，就是他！」

夏蟬又看了一次赫泓的背影，一直惦記的主唱本人就在眼前，這讓她產生了一種很激動又難以言喻的感覺。一股熱浪從胸口衝往她的鼻腔，就要奪眶而出……

爲什麼會湧起想哭的衝動，她自己也不明白。

「妳要哭了嗎？」董炎成非常訝異，「妳還說自己不是迷妹！」

「我不是迷妹啦！只是不知道爲什麼會想流眼淚。」夏蟬吸了吸鼻子，看著赫泓走進表演場地。

「不鬧妳啦，我們也快進去吧！」語畢，兩人也跟著走進位於地下的表演場地。

這是夏蟬第一次來這樣的地方，這裡不算空曠的表演空間，燈光昏暗，人潮眾多，簡易的表演舞台在前方，上頭放著樂器。

所有人都是站著，董炎成拉著夏蟬穿過人群，來到了前方的位置，距離舞台很近，這裡只用了簡單的紅絨繩區隔觀眾，旁邊站了幾位工作人員。

「等一下開始以後多少會有些推擠，要站好喔。」董炎成提醒。

燈光暗下，夏蟬覺得緊張不已，她握緊了拳頭，吞了口水，內心的期待與興奮不斷上漲。

忽然，一個貝斯的獨奏炸裂般地於黑暗中迸出，所有人發出高昂的尖叫聲與歡呼，夏蟬被嚇了一跳。

舞台燈光瞬間開啓，紅髮的赫泓站在正中央，其他團員也都就定位。

這是夏蟬第一次近距離、清楚地看見赫泓。他幽深的雙眼看著前方，視線沒有停留在任何觀眾身上，彷彿這裡並不是地下演唱會現場，而是另一個沒有水泥牆阻隔的寬廣草原。

他開口，所有人都安靜了下來，他低沉的歌聲彷彿可以將她拽入沒有任何光線的深海底，宛如被巨大的壓力往下帶，越沉越深。

接著他的聲音逐漸加強，儘管拚了命地往上游，可是漆黑的深海不肯放過她，只能沉淪。

下一秒，聲音轉而變得高亢，強勁的光照射進了深海之中，拉著身體的黑暗瞬間消散，她又燃起了希望往上游，脫離了絕望，浮出湛藍的海面。

夏蟬的眼淚滑了下來，她沒想到聲音有這樣的表現方式。

「blindness很棒對吧？」這次董炎成沒有嘲笑她的眼淚，因爲所有對音樂有所感觸的人，在聽見這樣的歌聲時，絕對都會被感動。

夏蟬用力點頭，對董炎成露出一個微笑。

這大概是夏蟬第一次自然地對他流露出笑容，在昏暗的燈光以及音樂的薰陶下，看起來格外柔美，董炎成瞬間看呆了一下。

夏蟬的笑容竟能將他從赫泓的歌聲中拉出，這讓他覺得不可思議，又有點害羞。blindness後來又表演了好幾首曲目，抒情、搖滾、快歌、慢歌、流行樂等，似乎沒有什麼類型的音樂難得倒他們一樣。

而赫泓更是特別，無論英文、日文還是法文等，好像什麼語言都會，能流暢地轉換，夏蟬甚至懷疑有些語言還是他自創的，因爲她完全聽不懂。然而無論是哪種語言的歌，赫泓的歌聲都能穿透人心。

「非常感謝大家今天的到來，謝謝大家！」貝斯手開口說話，台上所有blindness的成員朝觀眾們敬禮，赫泓雖然做著一樣的動作，可是他的眼神或者說是心，似乎沒有在這。

「今天很超值對吧？」董炎成對夏蟬說。

「對，謝謝你找我來！我覺得好激動。」夏蟬內心的躁動還沒有消失。

「今天難得來這裡表演，我們就久違地開放大家拍照吧！」貝斯手忽然震撼宣布，讓所有人都發瘋了，大家尖叫著往舞台推擠。

「小心小心，不要推擠啊！」

台上的團員們趕緊提醒粉絲注意，不過意外總是在瞬間發生，夏蟬被後頭的人潮推了一下，整個人往前一倒。

「夏蟬！」董炎成根本來不及抓住她。

「哇！」她雙膝跪到了地板上。

工作人員立刻制止大家，希望停止推擠，台上的團員也出聲阻止。

赫泓的目光終於被這陣騷動從遠方拉了回來，垂下了眼睛看向台下的夏蟬。

「好痛喔！」夏蟬嘀咕，從地板爬了起來拍拍手掌，順勢抬頭看了眼舞台，就這麼與赫泓對上眼。

那瞬間夏蟬似乎起了雞皮疙瘩，身體有一陣電流通過，而赫泓的雙眼從迷離轉為聚焦，微微睜大後緊盯著夏蟬。

「夏蟬，妳還好嗎？」董炎成穿過了紅絨繩。

「有受傷嗎？」一旁的工作人員詢問。

「沒、沒事。」夏蟬回應，有些疑惑地又看向了赫泓。

他還盯著她看，表情十分訝異，好像遇到認識的人，但他們之間明明不是那麼回事。

董炎成拉著夏蟬回到了紅絨繩內。

「大家要注意安全啊，請不要推擠。」貝斯手再次叮嚀，意外插曲過後，場內恢復了原本的歡騰氣氛。

然而赫泓依舊一臉不可思議地看著夏蟬，這讓她覺得有些彆扭，怪不好意思的。

「怎麼了，難道妳認識赫泓？」連董炎成都注意到了。

「我不認識啊，還是因爲我剛才跌倒的關係？」

「不知道，有可能吧。」董炎成聳了聳肩，這時赫泓的視線已經移開了，又恢復了不知道在看哪裡的模樣。

拍了幾張照片以後，觀眾們陸續散去，夏蟬和董炎成也離開了表演場地。

他們分享著剛才的照片，有幾張甚至拍到了赫泓驚訝地看著夏蟬的模樣。

「我還是第一次看見赫泓有這種表情。」董炎成皺眉觀察著赫泓的五官，「難道他吃壞肚子?」

「不要亂講。」夏蟬打了一下董炎成,「不過赫泓是不是常常那樣?就是好像沒有在看人,不知道在看哪裡。」

「粉絲們都說,赫泓是個大近視,所以常常不曉得要看哪,因爲他看不清楚!」

「這就是爲什麼團名取爲blindness嗎?」

「沒錯,這是粉絲間的幽默玩笑!」

兩個人說完後大笑起來。

「對了,我們今天沒有合照耶。」董炎成忽地轉移了話題,「這麼難得的初次體驗,不覺得應該要拍照嗎?」

「合照會不會很奇怪?」夏蟬皺眉。

「有什麼好奇怪?」董炎成聳肩,「不然我幫妳拍一張也可以。」

「一起拍吧!謝謝你今天帶我來看演唱會。」夏蟬拿起了門票,站在表演場地的入口處。

董炎成頓了一下,而後露出微笑站到了她身旁。

他將手機轉向前置鏡頭,螢幕上出現兩個人的臉,瞬間令人有些小尷尬,不過兩人都露出了微笑,將票根放在嘴前,拍下一張青澀的照片。

第三章

休息室裡頭煙霧瀰漫，赫泓瞇著眼睛想著剛才發生的事情。

「靠，章魚，不要抽菸啦！」金色頭髮的貝斯手磚頭朝鼓手喊。

「我打完鼓就是會來一根，這是我的儀式。」紫色頭髮的章魚一邊說著，一邊又吸了一大口菸。

「密閉空間禁止吸菸，我們有拒絕二手菸的權利！」粉色頭髮的電吉他手閃耀也跟著抱怨。

「被規定不菸不酒的樂團大概只有我們了。」章魚捻熄了菸，打開了窗戶通風。

「等等老闆來發現有菸味你就死定了！」磚頭大聲抱怨。

「話說赫泓，你怎麼一直在發呆？」章魚無視磚頭，直接將話題轉到赫泓身上。

「剛才跌倒的女生……」

「還好她沒被踩到，要是受傷就挫屎了！」閃耀打斷赫泓的話。

「我們可禁不起歌迷受傷啊。」章魚搖頭。

「那個女的以前來過嗎？」赫泓問。

「沒印象，第一次看見。」磚頭是全團最會記人臉的成員，他幾乎能記住所有時常出現的歌迷長相，也能稍微記住他們的年齡和背景，記憶力十分驚人。

「我想也是。」

「難得赫泓居然會對歌迷有興趣。」閃耀挑眉，像聞到了八卦的味道。

「啊，不過他旁邊那個男的倒是忠實歌迷喔，幾乎每場表演都會出現。」磚頭說的是董炎成。

「學生？」

「印象是青海高中的，怎麼了？」

赫泓挑起一邊的眉毛，「青海就是我們要去表演的那一間學校吧？」

閃耀看著手機裡的行事曆，「嗯，他們園遊會那天我們要過去表演。」

「青海眞是不得了，一般來說不是都會請線上藝人嗎？居然會找我們。」

「我聽不懂磚頭你這意思是褒還是貶耶。」

「當然是褒，他們太有品味了！找我們這樣的地下樂團。」

幾個人繼續熱烈討論著，赫泓腦中卻清晰浮現夏蟬的五官。他皺起眉頭，覺得自己有必要再見一次夏蟬，確定一件事。

✦

「潘呈娜，問妳一些事情。」

「喔？怎麼了？」蓬鬆的卷髮和時髦的穿著一直都是潘呈娜的標配，她手裡拿著啤酒，歪頭望著赫泓。

「如果要打聽青海的學生，妳有辦法幫我找到嗎？」

「青海的學生……那不就是高中生？怎樣，你想吃嫩妹喔？」潘呈娜打趣地說。

「妳女朋友不也是青海的？」赫泓覺得潘呈娜沒資格說他。

「哈哈！不一樣好嗎？」潘呈娜喝了口啤酒後，拿起黑輪咬了一口，「我盡量，但沒辦法保證，怎麼了？」

「……青海有幾個出入口？」

「兩個，前門和後門。」潘呈娜也是青海高中畢業的，對青海的種種熟悉得很。

赫泓拿出手機，用線上地圖看了一下青海高中的周邊，學校正門的對面有間便利商店，後門則是在單純的馬路邊，沒有可以蹲點的地方。

「如果我站在後門等，會不會被教官關切？」

「有可能，教官現在還沒退出高中……不過你到底想做什麼？」

「我找一個人。」赫泓說著，把手中的草莓牛奶喝光。

「每次看到你這樣的男人喝草莓牛奶，我都覺得很不協調。」潘呈娜失笑。

「偏見。」赫泓嘴角上揚。

他們兩個雖然同爲M大法律系的學生，然而在學校並沒有交集。赫泓爲了掩蓋自己的紅髮，總是戴著帽子又穿著帽T，再搭配黑色口罩，把自己整張臉藏起來。不是因爲他是blindness的主唱才如此低調，他沒這麼自戀，他也不認爲blindness已經紅到大家都認得出他們。

他有其他原因，總之他不想和其他同學打交道，也不想結交朋友，可以的話，他希望一輩子都是一個人生活，這樣輕鬆多了。

但在大一的某天，他意外在泳池遇到了潘呈娜。

「赫泓？」穿著比基尼、戴著泳帽和蛙鏡的潘呈娜率先喊了他。

聽見自己的名字，赫泓停了下來。

「眞的是你啊，我還以爲認錯了。」

相較於潘呈娜的熱絡，赫泓顯得冷淡許多，他思索著，這人是誰？

「你跟平常的模樣差很多耶，原來你有染髮啊？上課時整個人都包起來，根本不知道你長什麼樣子。」

這句話引起了赫泓的注意，「我整張臉都包起來，妳也知道我是誰？怎麼辦到的？」

「眼睛啊，我很會認人喔，你的眼睛我一看就知道了。」潘呈娜拿下蛙鏡和泳帽，用手撥了撥被浸濕的褐色卷髮。

「潘呈娜？」

「對，你現在才認出我啊。如果我搞錯了請你見諒，你是不是有在玩樂團？」

「我沒有打算在學校公開。」

「你如果沒打算公開的話，就不該在樂團裡面用本名呀。」潘呈娜大笑，「不過因爲你上課也都包得緊緊的，所以沒什麼人發現。」

「或許也是因爲我們沒有很紅的關係吧。」赫泓自嘲。

「你有想要很紅嗎？」

「爲什麼這樣問？」

「總感覺你們刻意保持低調，不然應該早就有星探找你們了吧？」潘呈娜曾經看過一場他們的現場演唱會，所以明白blindness的實力到哪裡。

「我們團員的確不要變成檯面上所謂的流行樂團，想像現在這樣，更能自由地創作。」

「可以理解。」潘呈娜歪頭，「你很健談耶，爲什麼在學校要這麼低調？」

赫泓沒有回話。

「啊，現在又不說了嗎？」潘呈娜起身，拿起了一旁的大毛巾，「沒關係，反正我之後還會跟你說話，當然也會保密你就是blindness主唱這件事。」

赫泓聞言扯了扯嘴角，難得一笑。

看著潘呈娜離開的背影，他的雙眼變得有些酸澀，揉了一下眼睛，潘呈娜已經不見了。

他的個性並不算孤僻，他愛熱鬧，也喜歡吵雜，否則就不會組樂團又樂在其中了。但他如此低調不與人互動，是有原因的。

這個原因，除了團員以外，沒有其他人知道，他也不打算告訴其他人。

潘呈娜遵守著約定，並沒有告訴班上其他人赫泓的眞實身分。

偶爾也會聽到班上有人在討論blindness，或是手機鈴聲就是blindness的音樂。

這時候潘呈娜總會對赫泓露出挑眉的笑臉，赫泓則回以皺眉，畢竟他們可沒有授權樂團表演時的歌曲供人下載。

就這樣，潘呈娜變成赫泓在班上少數會說話的朋友，隨著時間過去他們越來越熟悉。

潘呈娜單獨參加過幾次blindness的演唱會，她總會故意和赫泓打招呼，赫泓也會禮貌性地回應，這讓一旁的女歌迷們氣得牙癢癢，想著潘呈娜和赫泓是不是有什麼私交。

潘呈娜還會故意在結束後大喊「赫泓我愛你」，當聽到她這樣喊，赫泓總是會輕皺眉，這樣的反應讓台下的女歌迷更氣潘呈娜。

「赫泓，那個女的該不會是你女朋友吧？」閃耀不只一次調侃，磚頭也十分好奇。

「只是大學朋友。」

「你居然會有我們以外的朋友？」章魚瞠眼驚呼，「她知道嗎？」

「不知道。」赫泓簡短回答。

幾個人互看一眼，燃起了八卦之心，「眞的只是朋友嗎？她說愛你耶，她該不會喜歡你吧？」

「對啊，你是不是也喜歡人家？不然怎麼會告訴她你在這表演？」

「是她自己發現的，而且她的態度不像喜歡我。」赫泓簡短說了原因。

幾個團員嘖了一聲，覺得無趣。

「不過她這麼愛鬧，會不會被其他歌迷找麻煩？」磚頭有些擔心，儘管他們的歌迷多半不會太偏激，可是總會有例外。

「我想潘呈娜會照顧自己吧。」赫泓雖這麼回答，但是當天解散後，他就看見潘呈娜被幾個女生團團圍住。

「欸，妳認識赫泓嗎？」

「你們是什麼關係？」

「爲什麼妳每次來看表演說愛他，赫泓都會回應妳？」

他其實看不清楚那些歌迷是誰，然而他確定被圍住的是潘呈娜，那張揚的蓬鬆褐髮使她非常顯眼。

「我就是赫泓的朋友而已。哇，妳們好無聊！眞的會這樣管偶像的交友圈喔？」潘呈娜打趣道，一點也不害怕。

赫泓嘆氣，他該去幫忙嗎？他並不是很在意自身評價，或是是否流失粉絲對他的愛，但他畢竟是blindness的主唱，代表blindness，不能給其他三個團員添麻煩。

算了，先靜觀其變吧，最後他這樣決定。

於是他站到一旁的巷口轉角，而潘呈娜的言語似乎激怒了其他三個女生，仗著人多勢眾，她們出手推了潘呈娜。

「看來還是要我出面阻止啊……」他不希望狀況越變越糟，所以他走出了巷口。

「啊，好痛！」

忽然，其中一個女生發出驚叫，赫泓立刻止住腳步，只見潘呈娜一手抓住對方的手腕，將其反折。

「妳！」旁邊的女生想要助陣，卻被潘呈娜俐落地閃開，還補了一腳。

三個女生眼看打不過潘呈娜，馬上自討沒趣地趕緊逃走。

「眞是的，要找碴也要有點本事啊！」潘呈娜抓著頭，一臉困擾。

「妳為什麼要故意挑釁？」赫泓走上前，望著潘呈娜。

「喔！你看到啦？哈哈，是她們先來找麻煩的耶。」潘呈娜聳肩。

「妳為什麼總是要那麼做呢？」

「怎麼做？」

「就是剛剛她們說的那樣，明明不是眞的對我有興趣。」

「欸，你感覺得出來？我以為你也會認為我喜歡你。」潘呈娜雙手環胸，有些苦惱，「我只是想試試看，這樣『崇拜』一個男生是什麼感覺。」

「所以妳是故意學別的女生的行為？」

「是啊。」潘呈娜抿嘴，「你要回家了嗎？不介意的話，我們去喝一杯？」

赫泓沒想到他會從一個女生的口中聽到「喝一杯」這樣的字句，「我不喝酒，但可以吃點東西。」

「沒問題啊，我也餓了。」

潘呈娜帶著赫泓到了一間串燒店，兩個人點了不少東西，赫泓選了烏龍茶，潘呈娜則點了啤酒。

有了幾分醉意之後，潘呈娜忽然問了赫泓一個問題，「我其實不太聽音樂，更不可能主動發現什麼地下樂團，你知道爲什麼我會注意到你們嗎？」

「嗯？」

「你們有一首歌叫〈愛的條件〉，說著男男女女又怎麼樣，軀殼之下的靈魂才是眞實，靈魂的愛最爲純粹，摒除了性別、社會、地位的枷鎖，只用眞心去愛。」

赫泓記得這首歌是由磚頭塡詞，曲則是他作的，之前同志遊行還有授權他們使用。

「我第一次聽到那首歌哭了，覺得怎麼有人這麼了解我，所以我也給她聽了，然而她還是沒辦法勇敢起來。」

赫泓停下原本正在吃的雞肉串的手，看著眼前帶著些許醉意的潘呈娜，她並沒有眞的喝醉，只是有些事喝了酒以後比較好開口。

「妳有女朋友？」

「呵。」潘呈娜苦笑，「是有啦，不過沒有公開，也不被承認。」

「她不想？」

「她有包袱，父母、社會、同儕……反正都是一些我不在意的東西，但對她來說卻很重要。如果說靈魂的契合是最重要的，那爲什麼上天要讓我們分爲男女呢？」

「或許是因爲社會還是需要規範吧。」

「寫出這樣的歌，卻說了『社會需要規範』這樣的話……眞是諷刺啊。」潘呈娜失笑。

「這首歌是我負責作曲，歌詞是團員寫的。社會確實需要規範，否則如果打著愛的名義就天下無敵，那所有人都可以是戀愛對象了嗎？」

「不就是這樣嗎？」

「已婚者？血親？年齡差距？罪犯？未成年？」

「你的例子很極端，可是我還是認爲有愛就沒有身分問題。」潘呈娜正色，「赫泓，想不到你這麼保守呢。」

赫泓聳肩，「疾病呢？」

「疾病？」

「對方身上有著無法治癒的疾病，妳也會無條件地愛？」

「已經愛上了又有什麼問題呢？」

「或許像妳這樣的人，真的很適合戀愛吧。」赫泓笑了出來。

「難得看見你笑。」

「是嗎？」赫泓望著眼前的潘呈娜，卻解讀不出她現在是什麼樣的表情。

無論如何，他會記得潘呈娜蓬鬆的褐色長髮，還有走路時抬頭挺胸的模樣等。

她，是他第一個在學校交到的朋友。

✦

大二後，潘呈娜就很少來赫泓的演唱會了。

那天和平常一樣，赫泓來到表演的場地，裡頭已坐無虛席，他準備好後上台。

雙手握住麥克風的時候，他閉上了眼睛，想起了自己的父母。

「赫泓啊，你不要再鬧脾氣了。」

「赫泓，聽話。」

他們的聲音像在耳邊，他們的容貌、表情如此清晰，母親皺起的眉頭肌膚白皙光滑，依稀還能看到一點點微血管。而父親的臉上總是堆著笑容，即便心情不佳，他也會微笑，用溫柔的雙眼看著他。

他們的聲音轉爲歌聲，母親站在鎂光燈下，黃鶯出谷般的聲音贏得了眾人的掌聲，父親則爲母親和聲，那是世界上最悅耳的聲音。

然後赫泓張開眼睛，發現自己正獨自站在台上，除了頭頂的燈光外，台下是一片漆黑，他看不清誰是誰。

唯有歌聲，是連結他與父母親的管道，徜徉歌海的時間，是他再次見到他們的唯一時刻。

當表演結束，赫泓還陷在那澎湃的心情之中。

「哇！」

明明是平凡無奇的一天，『她』就這麼出現了。

一個女孩被後頭的人群推擠，從最前方跌了出來，因爲距離稍近，因爲她喊出了聲音，因爲當時正處於沒有音樂的狀態，所以赫泓注意到了。

他低頭往女孩的臉一看，瞬間睁大了眼睛。

女孩的五官竟如此清晰，細細的眉毛、有著雙眼皮的大眼睛、漂亮的唇形、小巧的鼻子，以及驚詫的表情——他沒有這麼清楚地看過一個女孩。

「夏蟬，妳還好嗎？」

一個男的穿過了紅絨繩將她扶起，名爲夏蟬的女孩退回了紅絨繩後面，有些尷尬地看了看周圍，又看了台上的赫泓。

他們對上視線，那雙大眼睛不安地眨動，而赫泓把視線移動到她的嘴、她的鼻、她的額頭與耳朵，最後目光又回到了她的眼睛……

是不是錯覺？他居然能看清楚她的臉。

爲了確認這件事情，他決定來到青海高中，並根據潘呈娜的說法，選擇在最多人潮的大門對面等待。

他想再確認一次，自己能不能看清楚她的臉。

赫泓戴上帽子，坐在校門對面的便利商店等待。放學時間很快就到了，他喝著飲料，看著走出校門的學生們，他們的臉在他眼中全是一片模糊。

過了十分鐘，夏蟬走出了校門口，赫泓睁圓了眼睛。即便隔了一段距離，他還是能看出夏蟬的不同，只有她的臉如此清晰，在一片模糊之中特別突出。

夏蟬和朋友說了再見，微笑著來到斑馬線邊等紅綠燈，隨著號誌燈轉變，她逐漸靠近，最後也進到了便利商店裡頭。

赫泓趕緊壓低帽緣，拉高了口罩，從玻璃的反射隱約可見夏蟬的身影，她往飲料櫃走去，沒有猶豫太久便走到櫃檯結帳。

他抬頭看著夏蟬的背影，當她轉頭露出側臉，五官依舊清晰。

直到夏蟬步出便利商店，走過赫泓面前的落地窗時，她的五官也沒有變得模糊。

這是爲什麼？他明明不認識夏蟬，她有什麼特別之處嗎？

赫泓非常好奇，難道眞的要套用「命運」這種不科學的概念嗎？還是他該去詢問醫生？

不，詢問醫生的話，或許又會要他去諮商，他不想這麼做。

「夏蟬……」他輕輕重複她的名字，把她記到心裡。

「幫我打聽一個女生，夏蟬。」

赫泓傳了訊息給潘呈娜，而對方直接打電話過來。

「夏蟬？夏天的蟬？沒頭沒尾的，是要我去哪裡打聽？」

「青海高中，不知道幾年級，『夏蟬』這兩個字我也不知道怎麼寫。」

「哇，你是怎麼回事，爲什麼想打聽？是你自己要打聽的嗎？難不成你戀愛了？」

潘呈娜一連串的問題讓赫泓覺得煩，就是這樣才不太想找潘呈娜。但她又是他唯一一個青海高中畢業的朋友，所以也只能問她了。

「她來看我的演唱會，我想認識她，然後她是青海高中的，就這樣。」

「你要打聽什麼？有沒有男朋友，還是聯絡方式？」潘呈娜興奮無比，沒想到赫泓會對歌迷有興趣，而且還是高中生。

「聯絡方式就好。」

「沒問題，我會把她的一切都打聽好，敬請期待！」潘呈娜掛斷電話後，打給了一個重要的人。畢竟要打聽，還是得請還在青海念書的人才最合適呀。

幾天後，赫泓得到了夏蟬的聯絡方式，不得不說現代人的隱私權頗爲堪憂，無論是夏蟬的社群媒體還是通訊帳號或是手機號碼等，潘呈娜通通拿到手了。

「沒有男友喔！」

她還多給了額外的情報，赫泓聞言白了她一眼。

有沒有男朋友這點，或許有點重要，但不是最重要的事情。不過若他跟夏蟬未來想保持一定的聯繫，以便他找出自己能清楚辨認她的臉的原因，或許沒有男朋友可以更方便行事。

「謝謝。」想了想之後，赫泓還是道了謝。

「如果你們成了，別忘了我是媒人喔！」潘呈娜眨眨眼睛，希望赫泓記得她的恩惠。

他點開了夏蟬的社群網頁，上頭放了許多夏蟬與朋友的合照，即便是快速滑過她的相片頁面，他都能第一眼看見夏蟬所在的位置。

赫泓思考了一下，這樣主動去找夏蟬好嗎？

不過他並沒有猶豫太久，打開通訊軟體後，輸入了夏蟬的ID，加入好友，率先傳了訊息過去。

「我是赫泓，下次演唱會的票請讓我招待妳和妳朋友。冒昧來訊息，抱歉了。」

他呼了一口氣，才發現自己竟在緊張。坐到了一旁的長椅上，他從錢包中抽出一張照片。

裡頭是小學二年級的他，手裡牽著一個小女孩，兩個人另一隻手都拿著冰淇淋，而在他們身後，站著一對年輕夫妻，是他們的爸爸媽媽。

那是在意外發生前幾天，他們家最後一張合照。

也只有這張照片裡頭四個人的臉，在他眼中是清晰的。

✦

忽快忽慢的鼓聲迴盪在練習間，像是在找尋合適的拍子與時機。貝斯的旋律嘗試配合亂無章法的鼓聲，吉他的聲音忽地竄出攪局，這時候赫泓也開口，隨意哼著不屬於地球上的任何一種語言。

神奇的是，原本如一盤散沙的樂器和聲，在赫泓的聲音加入後，反倒和諧了起來，成就了一首美好的歌曲。

結束後，磚頭關閉了錄音設備，所有人露出不可思議又開心的表情。

章魚挑眉看向赫泓，「太神了吧，每次你一加入就水到成渠，一首隨性的歌曲就完成了。」

「赫泓眞的是天生要走音樂路，這種天賦不是人人都有。」閃耀拿下吉他帶，準備按下重新播放鍵，記錄下自己剛才彈奏過的樂譜。

「要是沒有赫泓，就沒有blindness了。」磚頭點頭同意。

「要是沒有我，樂團就不會取名叫blindness了。」赫泓自嘲。

三個男人互看一眼，倒是不在意。

「叫blindness不錯啊，很有神祕感。」

「我記得我們最初幾次的演出，還特意都戴上黑眼罩。」

「對對對，但實在太熱了，汗水會跑到眼睛裡面，所以就放棄了，不然那噱頭很不錯呢。」

幾個人你一言我一語聊了起來，赫泓默默按下播放鍵，剛才的合奏就這樣徜徉在練習室中。大家安靜了下來，趕緊寫下屬於自己那部分的樂譜，再根據聽到的缺點做修正。

「下次的演出，這首歌就當第一首吧。」赫泓快速在紙上寫上了幾個字，「這首歌詞我來塡，然後下次演唱會我要兩張門票。」

「沒問題啊，不過難得你會主動要門票，是要給誰？」閃耀問。

「該不會是上次你打聽的那個女生吧？」磚頭倒是很敏銳。

面對團員三個人，赫泓不會像對待潘呈娜那樣有所保留，「對。」

「哇，爲什麼？她應該有男朋友，而且還是高中生。」章魚十分感興趣。

「因爲我看得見她的臉。」

這句話讓三個人瞬間噤聲，皺著眉頭以爲自己聽錯了。

「看得見臉，你是說很清楚的臉嗎？」

「五官？眼睛、鼻子、嘴巴？就跟你看見自己一樣？」

「不是像我們這樣一片模糊或是無法認知？」

三個人不斷提出問題想要確認，赫泓點點頭。

他們的樂團名之所以叫作blindness，是爲了呼應赫泓的眼睛，又或是腦——他有臉盲症，無法辨識除了自己以外的臉蛋。

這也就是爲什麼團員們的頭髮都染得如此刻意又誇張，因爲無法辨識五官的赫泓，只能藉由髮型、髮色、聲音、行爲、服裝風格、走路方式等來判斷眼前的人是誰。

儘管他喜歡熱鬧，可是因爲自身疾病的關係，與人相處後只會給大家帶來困擾。他便決定上大學後要獨來獨往，省得解釋他的病、省得別人同情，更省得大家無法將心比心造成不好的結果。

潘呈娜是他唯一的大學朋友，除了她說話直爽很有辨識度外，她的外觀也十分好辨認，加上潘呈娜不拘小節，這讓赫泓和她相處起來輕鬆很多。只是他還是沒打算告訴潘呈娜自己的病況。

醫生說，赫泓這樣後天的臉盲症患者並不多見，此外赫泓認得家人的臉，卻認不得其他人的臉，這一點跟小時候發生的意外可能有關係。

他告訴赫泓，他該看的不是醫生，而是心理諮商師，每次醫生都會推薦諮商師，但是他不想去，也不想治好。

這症狀對他的生活來說是一種困擾沒錯，然而卻是唯一能讓他贖罪的方法。

他將永遠記得自己父母的臉、妹妹的臉，還有自己的臉。他的時間會停留在那段時光，而他活著的未來，所有人的臉都無法使他佇留、被他記下，他的人生不會往前，會與他們一起死在過去。

但是，夏蟬出現了。

在一片模糊之中，只有夏蟬的臉宛如家人般清楚。

如果赫泓真如醫生所說，只認得自己家人的長相，那夏蟬說不定就是他的妹妹。

第四章

夏蟬看著手機上的新訊息，先是揉了一下眼睛，然後又看了一次，怕訊息被收回，還先截了圖。

「赫泓？」夏蟬念出螢幕上的名字，赫泓怎麼可能會加自己好友呢？

先別說赫泓怎麼會有她的聯絡方式，假設對方眞的是赫泓，又怎麼會無緣無故送她演唱會門票？

他們唯一一次見面就是在演唱會那天，除此之外沒有其他交集，難道是因爲自己跌倒了，出於疼惜歌迷才送門票嗎？

不，世界上沒有這麼好的事……

「詐騙吧。」

這是夏蟬的結論，所以她封鎖了這個帳號，覺得對方十分沒品。

「看什麼？」紀青岑坐到她旁邊，把筆記本放到她的桌上，「借妳。」

「這麼好？我又沒有跟你借。」她說歸說，還是立刻打開紀青岑的筆記，因為這可是能讓成績提升的好方法。

「你和那個男生約會得怎麼樣？」

「難得你這麼八卦。」她挑眉。

「主要是呢，雨菡好像有點在意妳，畢竟除了妳以外，我沒有其他朋友。」

聽到紀青岑這麼說，夏蟬不小心笑出來。

「所以我要不著痕跡地跟她說，妳和董炎成約會的事情。」

「那可不是約會，我們是去看演唱會。」沒想到紀青岑會做這麼可愛的事情來讓女友安心，她想到這點，就覺得儘管紀青岑看似成熟，不過也就是個高中男生呀。

「不管你們是不是約會，反正呢，我就是要說。」紀青岑堅持。

「好吧，看在你借了我至高無上的筆記本的分上。」夏蟬樂得交換條件，便把看演唱會的事情以及剛才收到的詐騙訊息都告訴紀青岑。

「詐騙怎麼知道妳有去看演唱會，又怎麼知道妳的帳號？」

「我也不曉得啊，這就是詐騙集團的厲害之處吧？」

「不可能吧？讓我看看訊息。」

「我覺得就是詐騙呀。」夏蟬把手機交給了紀青岑。

「解除封鎖吧，這看起來像眞的，有可能就是因爲妳跌倒了，所以他們才想要給妳特別優待。」

「那他們怎麼會知道我的帳號？怪恐怖的。」

「妳問他不就知道了嗎？」紀青岑是直球類型。

「我考慮一下。」夏蟬歪著頭想了一下，決定保持觀望。

✦

話劇社和熱音社合體表演的音樂劇改得非常有趣，歌曲也很好聽，不得不說，董炎成在創作音樂方面挺有天分。戲劇配合歌聲，比起純音樂的演奏，更能吸人眼球。

不過目前卡在一個地方雙方喬不攏，就是熱音社嫌棄與夏蟬搭配的男主角歌唱得不夠好。事實上，話劇社任何一位社員的歌聲和夏蟬一比都相形失色，只是與夏蟬對戲最多的男主角對比最明顯。

「社長啊！我眞的沒辦法，因爲太過在意歌聲，連帶演戲的時候，我都分心恍神了！」飾演男主角的社員悲從中來。

「你不要太著重歌聲方面，好好把戲演好才是重點啊。」夏蟬鼓勵，但是自信已經被打擊的男社員現在只想退居幕後。

「要說歌聲可以和社長媲美的話，大概只有熱音社的社長了吧。」女社員們別有私心，一邊說一邊偷看在一旁調整音樂節奏的董炎成。

「他的演技行嗎？」夏蟬微微蹙眉，很是懷疑。

「在說我嗎？要挑戰的話，我沒問題喔！」表演欲望強烈的董炎成願意嘗試任何可能。

「你會演戲嗎？」夏蟬不放心地又問。

「可以啦！不然現在來試試看？」董炎成馬上放下吉他，直接上了舞台。

「那你劇本先拿……」

「不用，你們每天練習對戲，台詞我早就記下來了。」董炎成眨眼。

「你可不要漏氣。」見他這麼有自信，夏蟬失笑。

於是他們準備對戲，所有社員興奮地離開台上，還開啓了舞台燈光，營造更好的氣氛。

他們劇本的主角是轉世投胎的羅密歐與茱麗葉，雖然故事主要發生在現代背景，不過使用大量的前世記憶穿插，所以也有交錯互換中世紀與現代場景。

然而記得前世的只有羅密歐，他一直苦苦追求在現代已經有未婚夫的茱麗葉。最終在羅密歐即將放手時，他唱起了前世屬於他們的歌，茱麗葉也終於想起前世記憶，兩人再續前緣。

這場表演最後的合唱非常重要，必須表現出羅密歐的痛苦以及放手的決心，同時又要讓茱麗葉想起前世的瞬間能感動人心……這就是爲什麼男社員會壓力山大了。

夏蟬與董炎成站在舞台上，凝望著彼此。董炎成的表情從平時的不正經轉變爲認眞模式，這讓夏蟬有些不習慣，不過這就是入戲，此刻她的表情一定也和平時不同。

「茱麗葉，忘記了前世，或許就是妳的選擇，我若愛妳，就是讓妳邁向新的人生。」董炎成說完台詞，接著深吸一口氣，開口唱歌。

倘若讓我遇見妳　我有累積千年的話要說
卻在接觸的瞬間　明白　妳已從我的回憶遠去
眞心愛妳千年前如此　千年後不變
離去是愛妳的　最後祝福

先不論董炎成的演技如何，他的歌聲確實比男社員好上許多，讓整齣音樂劇更加引人入勝。然而夏蟬是戲劇社社長，可不會因此被嚇到，所以她接著開口唱——

希望你離開　別攪亂我的心
但你轉身　我卻撕心裂肺
不相信輪迴轉世　只相信今生緣分
但你的身影　卻重疊了千年

兩個人的合聲完美無比，明明只是練習而已，卻彷彿正式演出，讓現場的人都起了雞皮疙瘩，眼眶含淚。

歌聲，有時候眞的可以深入人心。

於是這場練習之後，男主角替換爲董炎成。

「這樣的話，你在熱音社原本負責的部分怎麼辦？」排練結束後，夏蟬一面整理舞台，一面詢問董炎成。

「反正本來就規畫你們話劇社負責唱歌，我這個熱音社主唱沒什麼功用，頂多只是指揮大家罷了。」董炎成聳肩，「這下子我反而有更多表現機會，對我來說是好事喔！」

「你肯定有一個愛現的人格。」夏蟬笑著虧他。

「請稱呼它為表演欲。」他做了一個行禮的動作，「話說回來，blindness最近有新歌發表會，妳想去嗎？」

「距離他們上次演唱會沒過多久耶，這麼快就又有活動了？」

「不一樣，這是新歌發表，時間大概只有一個小時。通常都是老粉絲會收到通知，而且門票也不貴喔。」

夏蟬十分心動，「那這次的票讓我出錢吧。」

「可以啊。」董炎成明白夏蟬不想欠人情，「時間剛好是高三畢業考那週，眞是太好了。」

「為什麼遇到畢業考週很好？」

「因為會有很多人沒辦法去，這樣就更能搶到票啦！就算是老粉絲福利，也是有分資深老粉和資淺老粉，畢竟座位有限啊。」

「希望我們搶得到票。」夏蟬忽然停頓一下，「這個新歌發表會的消息，你是什麼時候知道的？」

「剛剛知道的，他們的官方帳號有發文。」董炎成把手機訊息給夏蟬看。

在網路上有一個blindness老粉社群，只有通過認證的人可以加入，裡頭會由blindness的成員發布第一手消息。

看到這樣的內容，夏蟬皺了眉毛，「我收到赫泓的訊息。」

「什麼？」董炎成以爲她在幻想，「詐騙吧？」

「我一開始也這麼想，但你看。」夏蟬拿出手機，那天赫泓傳給她的訊息，除了提到提供門票外，還附上了活動時間以及地點，發訊息的時間遠遠比粉絲第一手消息還要早一個禮拜。

「這怎麼可能！赫泓怎麼會有妳的聯絡方式？」董炎成驚叫。

「我原本也不相信，可是你看這個時間差……先別管赫泓爲什麼聯絡我，你覺得眞實性有多少？」

「blindness的行程都保密到家，除了他們的團員或是合作的廠商外，重要的消息不會有外人先知道，所以敲妳的這個人就算不是赫泓，一定也是相關人員。」董炎成分析，卻發現對方已經被封鎖了，「妳解開啦，跟他拿門票看看就知道是不是本尊了。」

「如果是詐騙呢？」

「詐騙一定會要妳先匯錢，只要對方一跟妳要錢，妳再封鎖他就好！」

「那假設他約面交，結果是壞人呢？」

「我跟妳一起去面交啊，約人多的地方，遇到壞人也不怕。」董炎成非常興奮，催促著夏蟬快點動作。

拗不過他，夏蟬只好解除了封鎖。

「你眞的是赫泓？」

她如此回應，可是對方沒有讀。

「他們好像都是大學生，所以現在可能在上課沒辦法回。若眞的是赫泓也太棒了吧！這種特殊待遇要是被其他老粉知道，一定羡慕死妳了！」董炎成喋喋不休。

夏蟬翻了個白眼，「我要回教室了。」

「後續怎樣記得跟我說喔！」董炎成提醒。

回到教室後，夏蟬又看了一眼手機，訊息依舊未讀。或許這麼多天過去，對方早就放棄詐騙自己了吧。

她收起手機，專心上課。

開始上課後，夏蟬感覺到手機傳來幾次震動，以往大都是垃圾訊息，所以她並沒有很在意，直到下課後打開手機一看，才發現是赫泓傳來的。

「我是赫泓，妳的ID是我請青海的朋友幫忙找的，無法告訴妳是誰，請見諒。」

「新歌發表會可以提供妳兩張票，讓妳帶上次的朋友一起來聽。」

「當天妳直接跟門口的工作人員說妳是夏蟬就可以進入。」

「算是當作那天讓妳跌倒的小小賠禮。」

夏蟬摀住嘴巴，倒抽一口氣，不敢相信自己眼睛看到的。

這是眞的嗎？赫泓居然眞的主動聯繫她，還加她好友？

他們原來這麼寵歌迷？就因爲自己跌倒，所以送上了門票？

天啊，居然有這種好事！

「夏蟬！」董炎成跑來她教室門口，「剛才的事情有後續嗎？」

「你來得正好！」夏蟬立刻拿著手機跑到窗邊，直接把手機遞給他看，「眞的是赫泓嗎？」

「天啊，這粉絲福利也太好了吧！早知道我也跌倒！」董炎成簡直羨慕死了，「這下子不用買票了，太讚了！他會不會還邀請我們到後台啊？」

「應該不會吧，這樣就太超過了，不怕歌迷太逾矩嗎？」

「也是，能有這樣的待遇就要偷笑了。這眞的是値得珍藏與炫耀的事情啊！」

「你可別到處講，這樣會被說我們有特殊待遇，可能會引起不好的效應⋯⋯」

「我知道啦，我才沒那麼白目。」董炎成點頭，「總之這次先跟妳說謝謝了，我會守口如瓶。」

「你還是先多多練習這禮拜要表演的音樂劇吧。」

「這是當然，那也是我的成果發表啊！」

在董炎成離開以後，夏蟬回覆了訊息。

「謝謝你，我眞的受寵若驚。這件事情我們不會告訴其他人，非常期待新歌。」

簡單幾句話裡是滿滿的客套，夏蟬實在不知道該怎麼回應才不會顯得太過興奮進而讓赫泓後悔。

這幾個禮拜事情發展的進度眞是飛快到讓她覺得不可思議。找尋了好幾年的樂團就這樣莫名得到答案，還很幸運地看了演唱會，現在甚至直接和赫泓有私人訊息往來。

一切都像夢境一般，美好得不可思議，或許從夏蟬的外顯行爲看不太出她的激動與期盼，不過她內心的湖水自從看完演唱會後，就一直泛著波瀾。

她的腦中偶爾會浮現一個神奇的畫面，就是她和赫泓一起站在舞台上唱歌。

至於爲什麼會這樣想，她自己也不知道。

✦

日子很快來到blindness新歌發表的那天，夏蟬一回家就趕緊換衣服，準備好要出門。

「媽，我今天晚上和朋友看表演喔。」經過客廳時，她再次提醒媽媽自己今晚和人有約。

「好，妳之前說是看什麼表演？」

上次夏蟬避重就輕，只說了表演，沒想到這次媽媽會細問，夏蟬也不想說謊，「地下樂團的新歌發表會。」

果不其然，媽媽的表情馬上驟變，「妳、妳喜歡地下樂團啊……」

「嗯，我還滿喜歡音樂的，六月的社團成果展，我們也跟熱音社一起表演音樂劇。」

她順便宣布這個消息，反正到時候爸媽可能也會來學校看成發。

「妳什麼時候……喜歡上音樂了？」媽媽穩住有點緊張的聲音，但她的臉色卻有些發白。

「媽，妳反對我喜歡音樂嗎？」

媽媽搖頭，「我只是很驚訝，我們家明明不太聽音樂，妳居然會喜歡上音樂……」

「我接收資訊的地方不是只有家裡，況且音樂無所不在啊。」夏蟬看了一下手機，「我時間快來不及了，先走了喔。」

「好……」媽媽皺緊眉頭，看著離去的夏蟬。

直到玄關的門關起，她才顫抖著打開了自己的手機，傳了訊息給先生。

一如往常，對方總是要她別想太多，音樂與歌曲都是常見的東西，每個人一定都會接觸到。

接觸這些東西，並不代表什麼。

✦

董炎成站在表演場地外自拍了幾張，覺得今天的自己看起來很不錯，這是第二次和夏蟬一起約在外面，不知道爲什麼，他的心跳比平常還快。

難道是因爲今天跟上次不一樣，是由赫泓本人邀請的關係嗎？還是說……

「董炎成，抱歉讓你等了。」

穿著短裙和長靴的夏蟬出現。她背著一個輕巧的黑色後背包，素淨的臉龐沒有上妝，但是白裡透紅的肌膚、自帶紅潤的雙唇，以及完美的身材比例，使得夏蟬光站著就是一幅美麗的畫。

「董炎成？」

「嗚，沒事沒事！」董炎成趕緊捂住心臟，這莫名的悸動讓他覺得陌生，「我們進去吧！」

「好！我覺得好緊張。」

夏蟬笑了一下，那笑容再次讓董炎成的心跳漏了一拍。

「安靜一點啊，心臟。」他低聲說。

「你說什麼？」夏蟬沒聽清楚。

「沒什麼。」董炎成趕緊推著夏蟬，快步走向表演場地。

門口站著驗票人員，眾人依序入場，夏蟬在經過時壓低聲說道：「我是夏蟬。」

驗票人員看了一眼後面的董炎成，點點頭後讓他們兩個進去。

「好緊張啊！」

「眞的！」

兩個人笑著繼續往前走，然後發現裡頭的布置和之前的演唱會很不一樣，有擺設桌子和椅子。他們找了張兩人座坐下，有人送上了兩瓶礦泉水，這讓夏蟬感到新奇。

「新歌發表會的服務都這麼好嗎？」

「沒有，blindness是特例，他們對粉絲很好喲！」董炎成像在炫耀自家孩子一樣驕傲。

很快地，觀眾全數到齊，門關了起來，大家興奮不已。

「根據過往經驗，會有桌椅和水，表示今天是抒情歌喔。」董炎成開始分享與樂團有關的事。

「我要是有一個像你這樣忠實的聽眾，一定會很高興。」夏蟬笑著。

董炎成的臉感覺很熱，看著夏蟬，他的心跳莫名一直加快。

「我可能快發燒了。」

「真的假的？」夏蟬皺眉，「不要傳染給我喔！」

「噗！好讓人心寒的回答。」董炎成被夏蟬的直率逗笑。

燈光熄滅，所有人熱烈地尖叫、鼓掌，接著，舞台的燈光倏地點亮，blindness的團員依序走上舞台，大家的尖叫與掌聲更大了。

不知道是不是錯覺，夏蟬總覺得赫泓看了自己一眼。

「謝謝大家今天撥空過來，大家都知道今天是新歌發表會，這次會發表三首歌，其他時間就讓大家點歌。」善於交際的磚頭總是負責說話，「今天的第一首歌，是大家最愛的主唱大人，赫泓所寫的詞喔！」

「哇，赫泓作詞耶！」董炎成用力拍手。

「他不是很常作詞嗎？」夏蟬問。

「以比例來說，他們每個人都差不多喔，不過我個人最喜歡赫泓的文字。」

「我倒是沒有注意過歌詞，都在聽他的聲音。」夏蟬將視線轉回到台上，又再次和赫泓對到眼。

她同時也注意到blindness的成員似乎都輪流看了她一眼，不過他們也都有輪流看向其他歌迷們，這似乎是他們的一種粉絲服務。

夏蟬覺得有點糗，對方送自己票，並不表示她與其他粉絲是不同的，她把自己想得太特別了。

燈光暗下，由閃耀的吉他發出第一聲聲響，接著是相同的和弦不斷重複，再來鼓手也加入，最後是貝斯輕柔地刷過長音。

赫泓握住了麥克風，夏蟬屏氣凝神，覺得自己的呼吸還有心跳都在這個瞬間停止。

夏日　你可曾觀察過蟬

在樹上　燃燒生命的吶喊

活七日的蟬
在土中四年　卻短短七日
只見到這世界　七天

當赫泓一開口，夏蟬隨即愣住。
他唱的是夏日之蟬，爲什麼？
董炎成也驚訝地轉過頭看向夏蟬。
這是巧合嗎？像是用她的名字作了一首歌，這也太……
夏蟬的臉紅了起來，看著台上投入演唱的赫泓。

然而蟬　並不是只有七天壽命
土下醞釀多年　如同我們的愛情
在見光後的世界　愛的壽命也不是只有七天
夏日之蟬
屬於我們的　夏之戀曲

歌曲結束後，周遭響起掌聲與喝采，blindness的成員互相挑眉微笑，接著公布下一首歌曲。

夏蟬的腦子嗡嗡作響，意識還停在剛才的歌詞之中，她望向台上的赫泓，這一次，他們的確四目相望。

爲什麼一個在舞台上遙不可及的人，會寫出這樣的歌詞呢？

新歌發表會很快就結束了，粉絲們依依不捨地陸續離開，而夏蟬的心情還是很澎湃，她感覺自己經歷了一場奇幻之旅。

「赫泓是怎麼回事呀！他該不會對妳一見鍾情吧？」董炎成開玩笑，可是心裡有點不暢快。

「怎麼可能，只是剛好有靈感吧。」儘管夏蟬這樣說，卻也有點心虛，要是赫泓喜歡自己的話……她對他一點都不了解，然而她很愛他的聲音。

「夏蟬同學。」稍早站在門口的驗票人員忽然來到她身邊，「想請妳和妳朋友跟我來一趟。」

夏蟬和董炎成互看一眼，難、難道他們眞的要被請到後台了？

雖然稱之爲後台，不過這個表演場地本來就不大，後台就是後方的休息室罷了。

兩個人興奮不已地跟著工作人員的步伐，依稀可以聽到休息室內傳來說話的聲音。

工作人員敲了兩下門，磚頭大聲回應，「請進！」

「我把人帶來了。」工作人員打開門，側身讓夏蟬和董炎成進入。

對他們兩個歌迷來說，能進到blindness的休息室，根本像一場美夢。

「來了來了，歡迎啊！」磚頭朝他們走來，率先伸出手，「我是磚頭。」

「我我我……我是董炎成，我從國中開始就是你們的歌迷，我眞的很喜歡你們！你們的每一首歌我都會唱，甚至在我們的社團活動也有練習！」董炎成興奮地雙手握緊磚頭的手，開始說著自己這些年來對他們的崇拜。

而夏蟬緊捉衣角，直直看著坐在中央的赫泓。

他抬眸，雙眼定焦在夏蟬的臉上，接著輕輕一笑，「今天的歌曲怎麼樣？」

這是夏蟬第一次聽到赫泓說話的聲音，和唱歌的時候很不一樣，悠揚又輕柔的嗓音，像是綠意盎然的新芽。夏蟬一聽到那聲音，所有的緊張都被驅散了。

「我覺得很好聽。」夏蟬回答，但她更想問的是，爲什麼他會用她的名字作詞呢？他又爲什麼會知道她的名字？

她有好多疑問，然而這裡人好多，她不知道該怎麼提問，讓赫泓爲她解答。

「妳就是那天跌倒的女生吧，眞是抱歉，有受傷嗎？」閃耀主動詢問。

「非常謝謝你們，我完全沒有受傷。如果跌倒就有這樣的待遇，那我還想多跌倒幾次呢。」夏蟬立刻搖了搖頭，爲了活絡氣氛，開玩笑地這麼回應。

「不行，女生可不能留疤啊。」章魚倒是認眞了。

「你是她的男朋友嗎？情侶兩個都喜歡我們呀？」磚頭則對董炎成發問。

「啊，不是，我們只是因爲社團認識，但是我們都喜歡你們沒錯！」董炎成趕緊否認，卻也因爲這樣的問題，而感覺內心深處有些躁動。

「我們是高中同學。」夏蟬點頭回應，不曉得是想要解釋給誰聽。

「對於沒有控制好現場，讓妳跌倒這件事，我們非常抱歉，希望你們都能享受今晚的歌曲。」磚頭對著他們兩位微微頷首。

「你們眞的太好了，我做夢都沒有想到會有這樣的待遇。」夏蟬由衷地說。

聞言，赫泓只是點點頭。

他們和blindness的團員們就這樣寒暄幾句後，便離開了休息室。

「今天絕對是我這輩子最難忘的一天，人生最美好的時刻前三名！」回程路上，董炎成滿臉燦笑，興奮到連走路都用跳的。

「我也是，而且他們還跟我們拍照，死而無憾。」夏蟬看著手機裡頭的合照，覺得心滿意足。

「今天這麼幸福，我有預感，我們明天的彩排也會非常順利。」董炎成提醒。明天雖是假日，但兩個社團已相約到學校禮堂練習。

「是啊，我們就早點回去休息。」

「那個……夏蟬。」董炎成在人行道上叫住了她，揉了揉有些發紅的鼻子，「今天眞的很謝謝妳，沒有妳，我不會有人生最棒的一天。」

「我也是，一開始如果不是你帶我去參加演唱會的話，也就不會有我人生最棒的一天。」

「所以說，我們人生中最棒的一天，都是因爲我們彼此的關係。」

「嗯，這麼說也沒錯啦。」夏蟬笑了。

「嘿嘿。」董炎成也笑了，然後朝夏蟬揮手，「那我們明天見了，茱麗葉。」

「拜拜，羅密歐。」夏蟬也學他說話。

分別以後，夏蟬帶著幸福的微笑回家。

今天的確很開心，不過她卻有一點小小的遺憾。在內心深處，夏蟬還是期待與赫泓有更多接觸，或是多說一點話，可是今天他只對她說了一句話。

她並不是想踰越粉絲的界線，只是她以爲自己會稍微特別一點點，畢竟她有了赫泓的私人聯絡方式……想到這裡，夏蟬拿起手機看了一下，說不定赫泓已經把自己封鎖了呢。

這時她的手機正好震動起來，螢幕上忽然出現赫泓的名字——他打了電話過來！

夏蟬以為看錯了，揉了一下眼睛，確定螢幕顯示還在、手上的震動感也依舊真實，她才確定自己不是做夢。

「喂……」她接起了電話，聲音有些顫抖。

「我是赫泓，打擾了，妳一個人嗎？」赫泓的聲音透過電話傳來，聽起來有些不同，但近距離在耳邊迴盪的聲音更讓夏蟬臉紅心跳。

「嗯嗯，我現在一個人。」

「剛才人太多，沒辦法好好說話。」赫泓停頓一下，「妳明天有空嗎？」

夏蟬愣住，赫泓現在是在約她嗎？

天、天啊！約她出去？真的假的？為什麼？

「我、我明天有空，但是……」

「但是？」

「我們社團明天要彩排，所以可能要晚一點才行。」

「社團？妳是什麼社團？」

「我是話劇社的，不過我們和熱音社合作了，所以會表演音樂劇。」

「妳會唱歌？」赫泓說完後，意識到自己的說法有問題，誰不會唱歌呢？只是好聽與否罷了。

「我負責演女主角……那個，如果方便的話，等我們社團成果展的時候，是不是能邀請你來看演出呢？雖然不能稱爲今天的謝禮，可是我想請你來看看我們認眞準備的音樂和劇本。」夏蟬厚著臉皮提出了邀請。

「青海高中是嗎？」赫泓扯動嘴角微笑，「好，我有空會過去。」

「眞、眞的嗎？我們是下午時段演出，我到時候傳一張票給你！還是需要四張呢？」

「你們的表演也需要門票嗎？因爲我高中時的表演都不需要。」

「我們比較特別，場地有座位限制，所以還是會發一下，確保大家有位子坐。」

「那我一張就好，謝謝妳。」

「不會！是我要謝謝你。」

天啊，像做夢一樣，她居然可以和赫泓講電話，甚至還能邀請他來看自己的演出。

雖然不知道他到底會不會來，然而光是這樣的交流就足夠夏蟬紀念一輩子了。

「明天妳幾點結束彩排？」

「我想應該是下午兩、三點。」

「好，到時候再聯絡。明天見了，夏蟬。」

「嗯，明天見。」夏蟬停頓一下，「……赫泓。」

她喊了他的名字，赫泓回了聲「嗯」後，兩人說了再見，才結束通話。

夏蟬不會知道對方此刻是什麼表情，但她從手機的前置鏡頭，看見自己通紅的臉蛋。

因爲赫泓是她崇拜的歌手，所以會有這樣的反應，也是正常的對吧？

「喜歡上偶像，是最笨的事。」夏蟬喃喃自語，提醒自己。

第五章

「赫泓，你那首歌是怎麼回事呀？」閃耀終於忍不住提問了，這個疑問同時也是其他團員的疑問。

新歌發表前，他們幾個人都沒有聽過真正的歌詞，所以剛才正式演唱的時候，所有人都嚇了一跳。

「你該不會對那個高中妹子一見鍾情吧？到底是誰一直說不能對歌迷出手的啊！」章魚喊。

「別忘了，赫泓還曾說未成年也不行碰，怎麼現在自己全部推翻了？」磚頭瞇著笑眼調侃。

「話說回來，我們也還是學生，大學生和高中生談戀愛也沒什麼吧？嚴格說起來就差個三、四歲，以社會狀況來講，這樣的差距還好吧。」章魚又說。

「雖然年齡差距不大，可是未成年就有差了。」赫泓回答，「我沒有一見鍾情，歌詞也只是靈感來了罷了。」

「睜眼說瞎話咧！」閃耀才不會相信。

「不過聽到那個男生不是她男朋友，你一定鬆一口氣吧。」章魚笑了笑，「我懂我懂，你要等她成年，那也很快啊。」

「怎麼有種以後會很常見到夏蟬的預感呢！」閃耀閉起眼睛掐指算著。

「無聊。」赫泓不打算回答，背起自己的包包，「閃了。」

「好喔，這週末休息，下禮拜繼續團練。」磚頭提醒，所有人聞言發出了歡呼聲。

離開了表演場地，赫泓拿出手機，沒有猶豫太多，就撥了電話給夏蟬。

那首歌的歌詞的確是他靈感爆棚才寫出來的，他對夏蟬並不是戀愛的心情，因爲夏蟬有可能是他的妹妹。

當年意外發生以後，他們兄妹兩個因爲年紀太小，各自被送到不同的寄養家庭。加上赫泓一直認爲是自己害死了父母，讓一家人遭遇危險，創傷症候群太嚴重，促發了他的臉盲症，這讓當時幫助他們的家扶人員判斷，或許把兄妹分開送養比較好。

赫泓一直到了高中，才有了尋找妹妹的念頭。可是時間過得太久了，相關資料早就遺失，況且以某個層面來說，赫泓也認爲自己不要打擾妹妹現有的生活比較好。

畢竟妹妹當時的年紀非常小，她有可能不記得他、不記得意外前的回憶……若是妹妹認爲現在的父母就是她的親生父母，那他的出現，就會破壞妹妹的世界。

然而夏蟬就在這時候出現了，只有她的臉，赫泓看得清楚。

他必須先確定夏蟬是不是自己的妹妹，才知道要跟夏蟬保持怎麼樣的關係。

我是赫泓——在夏蟬接起電話的時候，赫泓這樣說。

他的想法是如此，卻沒有讓任何人知曉他的心情，所以他也忽略了，夏蟬可能會喜歡上自己的這種狀況。

✦

電話聲響起，來電者是潘呈娜。

「哈囉，你找到夏蟬了？那之後呢，有什麼進展？」

「妳特別打電話來，就是爲了問這個嗎？」

「當然啊，我動用關係找到她，想知道你們的後續，應該不過分吧？」

「我約她出去，然後她說等他們社團成發時，要給我他們話劇社表演的門票。」

「哇賽！不知道是哪件事比較令我驚訝，赫泓居然會主動約女生出去？」

「妳要挖苦我，我就掛電話了。」

「哈哈哈，好啦！我跟你說，不是因爲我也是青海畢業的才自誇喔，青海的話劇社實力很強，我以前想去看他們成發，都沒搶到過入場票呢。」

「眞的這麼厲害的話，我去看看也未嘗不可。」

「臭屁什麼啊！哈哈。」

「妳今天心情很好？」

「嗯，很棒，我女友終於跨出一大步了，你要聽嗎？」

「不用。」

「我就知道。總之，我現在心情很好，掰啦！」

潘呈娜這通來電意義不明，不過聽見朋友開心，赫泓的心情似乎也變好了。

下午兩點多，赫泓來到了青海高中。

他今天來見夏蟬的目的只有一個，就是確認她是不是他的妹妹。

如果是的話，他會視情況看要不要告訴她實話，然後與她保持良好的關係，在一旁照顧她；如果不是的話，就請她退回歌迷的身分，兩人保持距離就好。

夏蟬傳了訊息表示已經離開禮堂了，於是他在校門口等待。

今天是假日，附近人不多，赫泓站在這裡等也不會有被粉絲發現的問題。

「感覺很不錯耶！我有預感，我們演出那天一定可以轟動全校！」遠遠就能聽到董炎成的聲音，接著是熱鬧的人聲，一團學生走了出來，與門口的警衛打招呼。

「我們的票也就一百多張，怎麼可能轟動全校。」夏蟬失笑。

「妳唱歌那麼好聽，光是妳一開口，星探都要來挖掘了。」董炎成不遺餘力地拍馬屁，因爲他今天不小心唱錯了兩個地方，身爲主唱還唱錯，眞是太丟臉了。

「是是是，實際上場時，你可不要出錯，距離正式開演剩沒多少天了。」夏蟬提醒。

赫泓閃身往一旁躲，他沒想到董炎成也一起，要是被看見就不好了。

「我要往這邊走，禮拜一見了。」夏蟬對其他人說，她並沒有把和赫泓約好的事情告訴董炎成，總覺得不要說比較好。

「社長，不一起去吃飯嗎？」

「對啊，肚子很餓耶！」

「我跟朋友有約，所以就不參加了。」夏蟬婉拒。

「好吧，社長再見。」

「夏蟬，掰啦！」董炎成對她揮手，與其他人一起往公車站牌走去。

夏蟬拿出手機，準備傳簡訊給赫泓時，後方傳來了聲音：「夏蟬。」

「嚇、嚇我一跳！」夏蟬轉身，一臉驚嚇的模樣。

「抱歉，嚇到妳了。」

穿著制服的她看起來和參加演唱會時的模樣很不同，更有高中生的實感，更加稚氣、青澀，「沒想到假日妳會穿制服。」

「因為學校規定進校門一定要穿制服才行。嗯，但我想我們會去別的地方，穿制服太顯眼了，所以我有帶便服出來。」夏蟬比了比自己的背包。

「沒關係，穿著制服沒關係，我們到附近的咖啡廳就好。」她穿著制服，可以提醒他，對方還只是個高中生。

夏蟬點點頭，儘管不清楚赫泓為什麼約自己見面，然而她還是緊張到一整晚幾乎沒睡，連排練都有些不在狀況內，好在沒人看出來。

她跟在赫泓身後，望著他高大的身形、筆直的背、雖然顯眼卻十分適合他的紅色頭髮。他身上隱隱散發的藝術家氣息，不唱歌時，略微慵懶的說話方式；唱歌時，驚人的爆發力與溫柔的嗓音……各種模樣的赫泓，組合成了眼前的他。

平凡的自己能和赫泓這樣的男人一起走在街道上，她覺得是莫大殊榮。

他幾歲了呢？什麼時候發現自己對歌唱的熱愛？

他是哪裡人？除了唱歌以外，平常都在做些什麼？有什麼興趣？對於赫泓，夏蟬有好多好奇的事情，她想多了解赫泓，可是她知道，那是不能跨越的隱私。

她要記得，自己只是一個不小心跌倒，才能稍微靠近他一點點的「歌迷」。

「到了，我們進去吧。」赫泓停在一家以花草裝飾小庭院的店鋪，裡頭傳來濃濃的咖啡香氣，混雜著甜甜的氣味。

「好漂亮，我學校就在附近，居然不知道有這樣的店。」夏蟬很意外。

赫泓看著夏蟬睜圓的眼睛，以及因爲驚訝而微張的小嘴，覺得十分新奇。因爲這是意外發生後第一次，他能如此細微地觀察別人的五官表情。

「這就是驚訝的表情啊……」赫泓低喃。

「你說什麼？」

「沒什麼。」赫泓推開了門，對著夏蟬露出微笑，讓她優先入內。

夏蟬紅了臉，覺得自己像是公主一般被對待，讓她內心小鹿亂撞。

沒想到生平第一次來到這麼棒的店，就是和自己崇拜的對象來，這讓夏蟬一直不斷告訴自己「只是歌迷」的這個信念逐漸瓦解。

一個花樣少女，與她喜歡的歌手來這樣的地方，誰還能把持住自己的心呢？

只是自己一人的心飄移，沒有關係吧？只要不會造成赫泓的困擾，就算喜歡他的心情超越了歌迷，逐漸往愛情的方向去，也沒關係，對吧？夏蟬在內心糾結。

「妳想吃什麼？這餐我請。」赫泓沒有發現夏蟬的心思，打開菜單道。

「不用啦，我可以自己出錢，你上次請我看演唱會，我才應該要請你……哇賽！」夏蟬一看到菜單上的價格，最後面的語助詞不小心就吐了出來。

赫泓笑了一聲，他覺得夏蟬眞實的反應青澀又可愛。

「這裡的消費不便宜，我有在賺錢，而且是我找妳過來的，就讓我請吧。」赫泓一口氣說完，略微強硬不容拒絕。

「呃……那就麻煩你了……」夏蟬不好意思地低下頭。

她錢包裡頭所有的錢加起來，大概就是一杯飲料的價格，別說請客了，連自己想喝點什麼都是問題。

就算赫泓說要請客，她也不能肆無忌憚地亂點餐，這樣就太不好意思了。可是她從早餐以後就都沒有吃東西了，排練時還不覺得餓，現在放鬆下來，才感覺餓到前胸貼後背了。

以後出門一定要多帶一點錢，夏蟬在心裡下定決心。

「妳要點什麼？」

「啊，我一杯溫奶茶就好。」夏蟬微笑，想著奶茶應該會有飽足感吧？

赫泓彎了彎嘴角，「妳有對什麼食物過敏嗎？或是有什麼不吃的？」

「沒有呢，我什麼都吃。」夏蟬不懂赫泓怎麼會這麼問。

「那我們就點個雙人套餐吧。」

「耶？」夏蟬愣住。

「我還沒吃午餐，肚子滿餓的，妳就陪我吃一點吧？」剛才在校門口，他已經聽到了社員們肚子餓的話，加上夏蟬一邊看著菜單，一邊還摸著肚子……她一定很餓吧，卻又不好意思讓他請客，所以就由他來開這個口吧。

「義大利麵跟燉飯的套餐，還是要法國土司跟漢堡套餐呢？」

「這個……」夏蟬口水都要流下來了，「我都可以。」

「那就由我來決定。」赫泓猶豫了一下，最後選擇了漢堡。

他記得自己的妹妹小時候最喜歡吃漢堡，雖然那時候妹妹也才幼稚園，但他聽說過人的味覺在三歲前就決定了。所以若夏蟬眞的是他妹妹的話，也會喜歡漢堡吧。

「妳喜歡漢堡嗎？」

「我什麼都喜歡吃。」夏蟬現在肚子很餓，給她一碗沒配菜的純白飯她都可以接受。

不過……要在赫泓面前吃漢堡，該怎麼吃才能看起來比較優雅呢？一片片分開？好像太做作了……

「妳有幾個兄弟姊妹？」

就在夏蟬還在苦惱的時候，赫泓忽然丟出了問題。

「我是獨生女，只有我一個，那你呢？」

「我有一個妹妹。」赫泓簡短地說，「我就老實跟妳說了，我今天會找妳出來，是因爲想確定一件事。」

「什麼事？」

赫泓頓了下，「我不知道要不要老實說。」

「話都說一半了，就直說吧。」夏蟬看著他的眼睛，準備認眞聆聽。

明明一開始還想著不要破壞妹妹現有的家庭，結果現在在不確定的情況下，他就要直接告訴夏蟬嗎？

赫泓忽然覺得，自己好像沒什麼計畫，他唯一的線索，就只有愛吃漢堡這沒依據的過往回憶。

而最有利的線索，就是自己看得見夏蟬的臉。可是如果要這麼說，就得告訴夏蟬他有臉盲症的狀況，連潘呈娜這位好朋友都不知道的事情，他卻要告訴才認識沒多久的夏蟬嗎？

赫泓陷入了矛盾。

然而這樣的沉默，讓夏蟬以為自己越界了。

「那個……對不起。」

赫泓回過神，看向對座的夏蟬。

「如果不能說，就不要說吧，我不是故意要逼你說的。」夏蟬解釋。

「不……」

這時候服務生正好送上他們的餐點，在美食面前，兩個人的話題被中途截斷，拿起了刀叉準備用餐。

「我不是不想說，只是想著這麼說好嗎？我有自己矛盾的地方，與妳無關。」赫泓說的話，夏蟬一個字都聽不懂。

「我和我妹妹從小就分散了，我正在找她，然後我覺得妳的五官和我妹有點像，所以不自覺想和妳多相處一點。」赫泓換了個方式說，這不全然是謊言。

「咦，我長得很像你妹妹嗎？」原來是這個原因，赫泓才會盯著自己看，才會約自己出來。被當成妹妹啊……夏蟬有一點點失落。

「對，滿像的，我想如果她長到跟妳一樣的歲數，大概就會是妳這個樣子吧。」

赫泓隨便回答，其實就算他記得小時候妹妹的長相，也想像不出她現在這個年紀該有的模樣。

「你妹妹年紀跟我一樣嗎？」

「差不多。」赫泓拿起了法國吐司，他喜歡這家店的麵包香氣，會讓他想起小時候吃過的味道。

「那……要不要我陪你一起找妹妹呢？」

「陪我一起找？」夏蟬的提議讓赫泓睜大眼睛。

「嗯，如果你妹妹和我年紀一樣的話，我身爲女生同時又是高中生，應該會比較好打聽。」夏蟬說的話不無道理，這讓赫泓有點心動。

假設夏蟬不是自己的妹妹，那多一個幫手沒有壞處；假設夏蟬是他的妹妹，多點時間相處也很好。

「我不確定我妹妹現在有沒有新的家庭，如果她有新的家庭，而且過得很快樂，我不打算與她相認。」

「你怕她知道眞相嗎？例如不是父母的親生小孩，會覺得很難過那樣？」

「這也是原因之一，除非她也想找她的家人，我才會相認吧。」

赫泓一直以來都很努力養活自己，很幸運地，他的樂團收入還不錯。所以要是他的妹妹過得不好，他會把她接過來一起生活，他再努力一些，還能夠負擔妹妹的生活費用。

「如果是妳呢？」赫泓把話題轉到夏蟬身上，「假設有一天，妳發現妳不是家人的親生小孩，跟妳有血緣關係的哥哥在找妳呢？」

夏蟬忽然想起前段日子和歐芊華的對話，忍不住笑了出來，「我覺得這個時代，應該很少人會在乎到底有沒有血緣關係這件事情了吧？」

「這可不一定，就像也有人會說『什麼時代了，還在乎習俗』，可是當自己眞的遇到的時候，多少還是會遵守一點自己知道的習俗。」赫泓的舉例令夏蟬挑眉。

「這麼說也是。」想想她之前也曾因爲懷疑自己不是爸爸的親生孩子，而煩惱過一陣子呢。

「所以說，一切需要等我知道妹妹的想法是怎麼樣，我才能確定該怎麼做。」

「我想……她要是有你這樣的哥哥，一定會很高興。」

「如果妳是我妹妹的話，也會高興嗎？」

「呃……」夏蟬尷尬一笑，「還是不要好了。」

「瞧，妳說的話跟做的事情完全不一樣啊。」赫泓也笑了，「對了，你們的社團成發具體來說，是要表演什麼音樂劇？」

「有熱音社現場伴奏，然後會有人唱歌。至於是什麼內容，就請把驚喜留到那天吧。」夏蟬歪頭，「如果你有事情或是不方便參加，請直接跟我說，不用客套喔。」

「我朋友也是青海畢業的，她說你們話劇社的票很難搶，要我好好珍惜。所以我會去的，但或許就不方便跟妳打招呼了。」

「沒關係，聽你這樣說就夠了……你朋友是青海畢業的？我能問你幾歲嗎？」

「我二十。」

「還是大學生嘍？」

「嗯，我還在念大學。」

夏蟬還想追問是哪所大學、哪個系所，不過她直覺認爲就此打住較好。她能和赫泓這樣吃飯、見面、聊天、知道他在找妹妹，就已經比其他人知曉更多了，不能不知足，不能得寸進尺啊！

「我也快要考大學了，很緊張啊。」所以夏蟬結束關於赫泓的話題，反正以後還有機會問。

「感覺上妳是個聰明的學生，考大學對妳來說應該不難吧？」

「我成績是還可以，但是我們班上的同學有的是怪物等級喔，那種過目不忘，可以考滿分的人，很可怕呢。」夏蟬講的自然是紀青岑，不過對方現在已經不會考第一名了，「假設你明明能考第一名，會為了女朋友擔心你因為考第一名而太受歡迎，就故意考個第三名之類的嗎？」

「不會，況且我很難想像我有女朋友是怎麼樣。」赫泓皺眉。

這讓夏蟬有些意外，「你沒有交過女朋友嗎？」

「我對情啊、愛啊那些東西沒什麼興趣，我只喜歡唱歌。」赫泓喝了一口飲料，轉頭向外頭的風景看去，「我們也差不多該離開了。」

夏蟬明白赫泓不想深聊這件事，也識相地結束話題，「嗯，有任何需要幫忙的地方請隨時跟我說。謝謝你今天請我吃飯，下次換我請你，雖然我可能沒辦法請太貴的……」

「不用這麼客氣，妳還是學生，就讓人照顧就好。」

「你也是學生啊。」

「我不一樣。」赫泓勾唇笑道。

兩人最後在公車站道別，夏蟬等公車，看著赫泓過了馬路，走進巷子，直到再也看不見他的身影。

「我們的距離近一點了吧？」夏蟬喃喃說道，一顆心躁動不已。

✦

「赫泓！」

上完課，正準備從學校附近離開的赫泓，被潘呈娜叫住。

她坐在便利商店的座位區，正等著泡麵泡開，「你要走了嗎？一起吃午餐吧？」

「妳的午餐就是這個泡麵嗎？」

「是啊！這個口味的泡麵很好吃呢。」潘呈娜豎起拇指，「我們上次在便利商店這樣吃東西，已經是一年前了吧？」

「妳還記得？」

「當然啊，那可是我跟你坦承祕密的重要夜晚耶。」潘呈娜打開免洗筷，「快坐下，陪我一起吃吧。」

赫泓無奈地搖搖頭，跟著坐了下來。

「這個新口味的泡麵是我最近發現的，特別好吃，強力推薦喔！」潘呈娜笑著的模樣，和去年哭喪的表情簡直天壤之別。

人果然是會往前走的。

去年某個平日的夜晚，赫泓剛從練習室走出來，就看見潘呈娜站在轉角，有氣無力地對他舉起一隻手，「赫泓。」

「妳怎麼會過來？既然過來了，怎麼沒進來？」

「我今天心情比較不美麗，要是去聽你們的歌，我怕會哭。」潘呈娜苦笑，「陪我一下好嗎？」

他們來到便利商店外的座位區，潘呈娜買了幾罐啤酒，赫泓只拿了可樂。

「不陪我喝一點？」

「可樂也可以陪妳。」赫泓搖晃著手中的飲料。

「好吧，也行。」潘呈娜也不勉強。

「妳怎麼了，怎麼一副要死了的樣子？」赫泓打開易開罐，喝了一大口。

「我真的要死了，接到一通要死了的電話……你記得我之前跟你說過的話嗎？」

「妳和我說過很多，我不記得。」他涼涼地吐槽。

「眞是沒良心的回答。」潘呈娜嘖了一聲，「我要麻煩你假裝是我男朋友。」

「爲什麼？」

「讓我甩掉我女友。」

赫泓一聽，睜圓眼睛。

「你不要用那種眼神看我，我是爲了她好……」

「單方面分手，怎麼會是爲她好？況且還用這樣的方式。」

「你不要評斷我，你不懂我們的處境……赫泓啊，你懂禁忌的戀愛嗎？像是師生戀、三人行、同性戀、兄妹戀等等。」

「相較之下，師生和同性比較不禁忌吧。」

「但是當你的父母無法認同同性的時候，就是禁忌了。」潘呈娜說得苦澀，想來，是她的女友如此吧。

「妳要我怎麼做？」

「只要站在我要你站的地方就好，配合我說話，點頭微笑之類的……」潘呈娜扯了一抹微笑，「她父母想送她出國，我想最大的愛，就是不耽誤她的前程吧？」

赫泓聳肩，這問題實在太沉重了，他沒辦法給任何意見。

有些人會說，有愛就可以戰勝現實，然而實際上，這種話都是天眞的人、不知道現實的人，才會說出口的優等生答案。

赫泓伸手，摸了一下潘呈娜的頭。

「這是什麼意思？」潘呈娜苦笑。

「安慰。」

「哈哈，還眞是謝謝你。」潘呈娜拿出手機，「明天你有空嗎？在青海的社團時間，陪我去攝影社一趟。」

「怎麼選在青海上課的時候去？我們可以進去嗎？」

「啊，我之前沒跟你說，我在青海高中的攝影社當顧問，我女朋友就是攝影社的社長。我想在那時候直接把你帶去給學弟妹看，狠一點……讓她死心、讓她恨我、讓她可以放心出國。」

「妳還眞傻啊，潘呈娜。」

「你不用擔心攝影社的學弟妹認出你是誰，你沒那麼紅，他們也沒在聽地下樂團。」

「還眞是謝謝妳啊，我放心了。」赫泓不在意潘呈娜的挖苦，這是他們的相處方式。

「妳要我幫妳這麼做，我就會這麼做。」赫泓替潘呈娜打開下一罐啤酒，「但是答應我，不要一個人在外面買醉，妳畢竟是女生。」

「我喜歡身爲女人的自己，但有時候又厭惡身爲女人的自己，很矛盾吧？」她再次苦笑，接過了赫泓手中的啤酒，「謝謝你了，我的朋友，這份恩情我一定會還。」

「妳自己幸福快樂，就是還我恩情的最好方式。」赫泓挑眉。

「等結束以後，我想要去剪頭髮，換個髮型，當作告別過去。」潘呈娜指尖捲動自己的卷髮。

「不用改變髮型。」赫泓出聲阻止，「我覺得妳現在這樣很好看。」

「是嗎？難得聽到你說這樣的話。」

「怎樣？」

「稱讚的話。」潘呈娜一笑，「你不會隨便跟女歌迷這樣講吧？她們會心動的喔。」

「只不過說髮型好看，有什麼好心動的？」赫泓不解。

「你不懂女人心，也太低估自己的魅力了。」潘呈娜伸手摸了赫泓的頭髮，「如果又多了摸頭、摸頭髮之類的舉動，可是會讓女生少女心大噴發喔！」

「哪有這麼誇張？」

「眞的啦！不過赫泓，你喜歡什麼類型的女生？」

聞言，赫泓一愣。

「你長這麼帥，要不是因爲玩音樂遮住臉，在學校一定很受歡迎……」

「我沒思考過這個問題。」因爲他根本看不清楚每個人的臉。

「那感覺呢，喜歡什麼感覺的女生？溫柔、直率、大方？」潘呈娜繼續追問。

「沒想過，我對戀愛這種事情沒興趣。」赫泓又啜了一口可樂，對這個話題興趣缺缺。

「還是你跟我一樣，喜歡同性？」

「比起同性，說不定更接近無性。」赫泓隨便回答。

「是這樣嗎？我聽過無性戀者，是對任何人都沒有愛情方面的興趣？」

「我也不知道，我又不是。」赫泓聳肩。

「你在敷衍我嗎？算了，不跟你討論這種事了。」

「妳想換髮型就換吧。」赫泓最後這麼說，他會再次努力記住潘呈娜的新髮型，以防認不出她來，「不過換了以後，記得先拍張照片給我看。」

「你看你，天生就這麼會撩人嗎？」潘呈娜拿赫泓沒辦法，他根本不曉得他的回應會讓多少女生暈船。

「我只是……算了，越描越黑。」赫泓看了一下時間，「下禮拜我會準時過去。」

「麻煩你了。」潘呈娜一臉苦澀，揮了揮手。

「走吧，我送妳回去。」

「不用，我家就在旁邊而已，很安全。」

「那妳把酒收一收，拿回家喝。」

「赫泓，要是我喜歡男生的話，一定會喜歡你。」潘呈娜由衷地說，無奈她沒辦法喜歡男生。

隔天，赫泓依照潘呈娜的指示，在青海的後門與她會合，大概是因為要進入高中校園的關係，潘呈娜今天的穿著比較規矩。

「你等一下什麼都不用說，就算要說話，也配合我的話說就好，可以吧？」潘呈娜看起來很緊張，氣色也很不好。

「妳確定真的要這樣對妳女友？」

「嗯，確定。」

「不後悔？」

「不會，未來的我也不會後悔，甚至會誇讚我現在的作法……」潘呈娜的口吻十分堅定，眼神卻流露出憂傷。

於是，赫泓跟著潘呈娜來到攝影社，裡頭的學生見到赫泓，一陣驚訝。

「學姊，妳怎麼帶男生過來啊？」一位胖胖的男同學率先說話。

赫泓有臉盲症，所以他沒辦法分辨每個人的表情到底是如何，只能從服裝、肢體動作判斷。一旁有個女同學雙手握拳，身體微微顫抖，而潘呈娜刻意不看那個方向，所以他猜想，那位大概就是潘呈娜的女朋友了吧？

「跟大家介紹一下喔，這是我男朋友，跟我同一所大學，我們交往一陣子了。他很好奇我在青海的攝影社做什麼，正好今天他有空，所以就帶過來讓大家認識一下啦！」

潘呈娜邊說邊牽起赫泓的手，赫泓嚇了一跳，差點縮回手。不過潘呈娜似乎有預感赫泓可能那樣做，所以握得十分用力。

「馥絃學姊，妳怎麼了？」有人這麼喊旁邊的女同學，大家才注意到她掉下了眼淚。

潘呈娜的手一緊，但依舊開口說：「我本來就是雙性戀。」

下一秒，那個女生衝出教室，一個男孩子也快步跟了上去。

潘呈娜鬆開了手，低下頭雙手叉腰，片刻後又抬起頭看向社團的學生們，「好啦，我男友有事情要先離開，所以我先送他出去。」

「潘呈娜學姊，這到底是怎麼回事啊？」

「你們先專心準備拍攝吧。」潘呈娜一笑，推著赫泓離開了社團教室。

他們來到校園後方的停車場，赫泓看著一臉悲傷的潘呈娜，再次伸手拍拍她的肩膀，「妳做得很好了。」

「往後也不知道我還有沒有辦法這麼喜歡一個人……」潘呈娜抹了抹眼角的濕潤，「不知道還會不會喜歡上下一個人。」

「會吧。」赫泓雖然對愛情不了解，可是他想安慰朋友，「下次戀愛一定會順利。」

「謝啦，赫泓，我欠你一次。」

「沒什麼欠不欠的。」

「哈哈哈。」潘呈娜笑著，眼角似乎又有淚水溢出。

或許現在讓她獨處會比較好，赫泓想著。

「我還是先離開吧，校外人士在學校裡待久了感覺不好。」

「嗯，謝謝你。」潘呈娜揮揮手。

赫泓獨自一人走出停車場，經過籃球場，直接出了後門，搭上一輛計程車離開……

「你在發什麼呆？」潘呈娜吸著麵條，看著赫泓發愣的雙眼。

「沒，想起妳去年要我當妳假男友，幫妳和女友分手的事。」

「哈哈哈，唉唷，你記憶力很好耶。」潘呈娜大笑。

「印象中，妳最後去看了攝影展，才發現妳女友其實知道妳用心良苦，只爲了讓她可以放心出國，才會找我演那一齣？」

「嗯，我後來去看他們的社團成發，發現她展出了一張我和她的合照，作品名寫著『相約於未來』。」潘呈娜露出了甜蜜的微笑，「有一天我們都會長大，會有勇氣面對一切，所以我們把一切都寄託在了未來。」

「這也算是不錯的結局。」

「是啊，希望世界上所有互相喜歡的人，都能夠自由自在地在一起，不受拘束。」

「很難吧。」赫泓沒有那麼樂觀。

「所以才說『希望』嘍。」潘呈娜把泡麵推到赫泓面前，「要吃嗎？」

「不了，妳都吃過了。」

「口水病喔！」潘呈娜又笑了，「去年眞的很謝謝你。」

「不用再謝了，妳已經謝過一百萬次。」

「我還會繼續謝下去。」潘呈娜說完後拉了赫泓的手，「謝謝你啊，我的好朋友。」

赫泓勾起嘴角，朝她一笑，「不客氣，好朋友。」

第六章

夏蟬聽到赫泓說自己長得像他妹妹時，想起了前陣子的擔憂，又想起了自己也挺會唱歌，該不會眞的這麼巧，自己就是赫泓的妹妹吧？

所以她趁著晚上父母都不在的時候，偷偷到書房，找尋戶口名簿。

當她看見上頭清楚寫著她的出生年月日，以及父親和母親的名字時，就放心了。

「什麼啊，才不會這麼狗血呢。」

她鬆了一口氣，但並不只是因爲自己是父母的親生孩子而放心，就算她不是爸媽親生的，她也不會太過在意，因爲她曾聽人說「生的放一邊，養的恩情大過天」。

夏蟬另外在乎的一點是，假設自己眞的是赫泓的妹妹，那她不就不能喜歡赫泓了嗎？

「唉喔！妳眞是笨蛋，怎麼眞的喜歡上地下樂團的主唱！我跟妳說，某種程度來講，他們等於明星妳知道嗎？要是哪天他們出道了，就是眞正的藝人了，到時候妳就知道什麼叫距離遙遠！」歐芊華聽到夏蟬喜歡上赫泓後，忍不住吐嘈。

「可是他們又沒有出道……」

「妳不是說他們很紅嗎？所以總會有那一天啊！」歐芊華拍了額頭，「玩音樂免不了要面臨商業化的走向，這樣才能賺更多錢啊。」

「眞的有那一天再說，反正我們現在可以這樣聯絡、見面，我很滿足了。」

「即便只是地下樂團，他們和我們之間還是有段差距吧？爲什麼他會想跟妳保持聯繫啊？好詭異，是不是想吃妳豆腐或是詐騙？」歐芊華竟開始懷疑起赫泓的動機。

夏蟬當然沒跟歐芊華講赫泓妹妹的事，畢竟那是赫泓的隱私。

「不會啦，他是要詐騙我什麼？我又沒有錢。」

「詐騙妳年輕的肉體啊！妳這麼漂亮，看起來很好吃啊。」歐芊華抬起雙手，彎著十根手指，作勢往她的方向抓，像是大野狼想張嘴咬她。

「吼！什麼年輕的肉體，我和他也沒差幾歲好嗎？」夏蟬推開假扮大野狼的歐芊華，「硬要說的話，妳和男友的年紀差更多呢。」

聽到這句話，歐芊華忽然一愣，她咬唇，欲言又止。

「怎麼了，你們發生什麼事情了嗎？」

「我最近覺得……他好像怪怪的。」

「怎麼個怪法?」

「就是……行蹤很難掌握，然後講電話的時間也變少了。」歐芊華苦笑，「他說是因爲工作太忙才會這樣。」

「那視訊呢?」

「現在不視訊了，他會說在加班不方便。」歐芊華皺起眉頭，「我很不願意懷疑他，但是……唉，算了算了，說不定是我太敏感了，我們都快要升高三了，壓力越來越大，所以才會變得悲觀吧。」

歐芊華的話讓夏蟬十分在意，大家都說女人的直覺很準，只是大多時候都不願承認罷了。

「如果有什麼需要幫忙的，一定要跟我說喔。」

「知道啦!妳也是，我還是會默默支持妳的戀情啦。」歐芊華捏了夏蟬的臉頰。

兩人雖然沒有每天見面，只有在補習班短暫的時光能好好聊天，不過也因爲日常交集不多，她們才更能分享彼此的生活。

✦

赫泓的歌聲迴盪在小小的練習室之中，章魚忘情地敲下最後一擊，完美收音。

「這次也很不錯，不過感覺好像少了什麼。」磚頭一邊重新哼了剛才的曲子，一邊歪頭思考。

「是旋律還是聲音的問題？」章魚問。

「說不上來。」磚頭搖頭，「算了，我們繼續吧，之後應該會想到。」

「差了聲音。」赫泓忽然開口，「我的聲音不夠。」

「啊……好像是……」閃耀點頭贊同，「是曲風的關係嗎？之前都覺得赫泓的聲音就很足夠了，為什麼這次會覺得少了什麼？」

「是因為赫泓唱歌的方式吧，不然你換個唱法？」磚頭提議。

「不，剛才那種唱法最適合這首歌。」赫泓堅持。

「如果這時候有經紀公司的話，就可以幫我們解決這件事了。」閃耀小心翼翼地說。

「若是有經紀公司的話，你覺得那些人還會允許我們自由創作嗎？」赫泓冷聲回道，這件事情他們討論過很多次了。

「可是……」

「好了啦，閃耀、赫泓，你們都少說兩句，要不要答應經紀公司這件事，我們不是都說好了，暫時先不要，等我們大學畢業了再討論。」團員每次吵架，磚頭就是負責出面調停的和事佬。

「是啊是啊，我們都說好了。」章魚打了哈欠，「所以赫泓，你覺得可以怎麼解決？」

「最好的方式就是有人幫忙和聲，但你們三個的歌聲……」赫泓不給面子地搖頭。

「咳，我們是爲了不搶你的風采！」

「就是嘛！就是嘛！」

其他幾人連聲抗議。

「那怎麼辦，放棄這首歌？」他們不能容許自己也不滿意的歌曲呈現在眾人眼前，然而現階段也不可能隨便找個人來和聲……

「只能先這樣了，我們先練習下一首吧。」赫泓重新握起麥克風。

他對音樂很龜毛，所幸遇到的夥伴也同樣龜毛，所以合作上非常愉快。

「啊，我忽然想到……找眞眞呢？」閃耀提出了一個人名，所有人都愣了一下。

「眞眞……是你們以前的團員，對吧？我記得是一個女生？」章魚是眞眞離開後才加入的鼓手，所以對眞眞的事情並不清楚。

在章魚加入、他們正式取名爲blindness以前，原先的樂團對赫泓他們幾個來說，就只是社團性質罷了。

閃耀、磚頭、赫泓、眞眞四個人，是高中同班同學，因爲興趣組了一個玩音樂的團體，當時的眞眞負責電子琴，偶爾還會和赫泓一起合音。

雖然是玩票性質，他們還是會趁週末到餐廳或是pub表演，每次演出，赫泓總會使用一次性染髮劑，把頭髮弄成藍色。

他說，這是一種屬於自己的演出儀式，站上舞台，他就是一個主唱了。

閃耀和磚頭也認同，所以也會這麼做，唯獨眞眞因爲頭髮太長，染髮太麻煩而沒有跟著做。

高中時，赫泓的臉盲症並不會造成他生活上的麻煩，因爲他可以透過制服上的學號以及名字來確認與他說話的人是誰。因此他愛笑、愛熱鬧，還會唱歌，這讓他十分受歡迎。

但赫泓無心戀愛，他更常和團員們聚在一起。所以眞眞認爲自己是最接近赫泓的存在，覺得自己對赫泓來說應該也是特別的，於是在校外教學的營火晚會時，她主動吻了赫泓。

然而，眞眞不知道赫泓有臉盲症，那天全班都穿一樣的衣服，女生們又都紮起馬尾，而且住宿房間的沐浴乳都是一樣的，洗去了每個人身上獨有的味道。對赫泓來說，那一晚，所有人都長得一樣，他根本不知道是誰吻了自己。

在那之後，赫泓維持一樣的態度面對眞眞，甚至還跟著其他人起鬨眞眞和閃耀喝同一杯飲料的事情，這讓眞眞忍不住主動問了赫泓。

「難道你沒有其他想法嗎？」

「什麼想法？」

「就是關於……我的事情啊。」

「什麼意思？」赫泓是眞的聽不懂，可眞眞卻被傷得很重。

「那天……我親你的事情啊……」

赫泓恍然大悟，「親我的是妳？」

看見赫泓茫然的表情，眞眞才明白，赫泓完全沒有把她放在心上，那個吻對赫泓來說根本不算什麼。

青春期的少女臉皮薄，無法承受失戀的痛苦，便離開了樂團，也因爲不想再回憶過往和赫泓的一切，而到處要求有上傳他們表演影片的頻道將影片刪除。

也是在這個事件後，某次於閃耀家的車庫練團時，赫泓才告訴磚頭與閃耀，他有臉盲症的事情。

「那就要告訴眞眞啊，你不是故意的。」閃耀說。

「等一下，赫泓，你有打算接受眞眞嗎？話說在前，我不太贊成團員戀愛，要是分手的話，又會像現在這樣，某個人退出樂團，這樣很麻煩。」磚頭理性地陳述他的看法。

「我沒有打算接受眞眞，我對她眞的只有夥伴的情誼。」赫泓輕輕嘆了口氣。

「既然這樣的話，就沒必要告訴眞眞臉盲症這件事了。」磚頭認眞地說，「反正都要拒絕的話，不如狠心一點，維持現狀就好。」

「我也是這麼想。」

「那就這樣吧……不過赫泓，你認得出來我們兩個嗎？」閃耀歪頭問道。

「我可以從聲音、體型、樂器來分辨。在學校的話，有制服名字跟學號。」

「原來是這樣……你這個症狀是後天還是先天的啊？」閃耀點點頭又問。

磚頭制止了他，「你不要問那麼多，赫泓，之後上大學就沒有髮禁了，我跟閃耀都可以染個頭髮，讓你方便認出我們。」

磚頭貼心的話語，竟讓赫泓有種想哭的衝動，「謝謝。」

「話說回來，我們這樣少一個人彈電子琴，要再另外找人，還是就算了？」閃耀問，「『算了』有兩種意思喔，看是要解散不玩了，還是就我們三個就好。」

「一定要再找一個人，只有我們三個聲音太單調了，而且不能解散，因爲有餐廳邀請我們去表演。」磚頭回應。

「你們記不記得，我們上次去淡水表演的時候，路邊有一個男生在打鼓……」因爲對方鼓打得很好，所以赫泓印象深刻。

「有，我記得眞眞還有去拿對方的名片，然後放在……」磚頭立刻去找放在一旁的鐵盒，裡頭存放他們拿到的各式名片。

「在這裡，是那個男生的名片！」磚頭喊，然後拿出手機搜尋對方寫在上面的IG帳號，驚訝地說：「他跟我們讀同一所高中耶！」

於是，章魚就這麼加入了他們，幾次表演下來，他們的默契十足，便有了認眞經營的打算。高中畢業後，閃耀與磚頭依約定染了頭髮，三個人也把事情告訴了章魚，他義不容辭加入了染髮的行列。

「既然如此，我們的團名差不多要決定了吧。」章魚在紙上寫下幾個英文單字，其中一個是「blindness」。

三人互看一眼，有默契地點頭同意使用這個詞當團名，赫泓欣慰地笑了起來。

他以爲說出自己患有臉盲症，他們幾個會嫌他麻煩，沒想到他們都幫著自己想辦法。染了如此誇張的髮色，只爲了讓他可以更加方便辨認他們，甚至願意用

「blindness」這樣的團名。

即便三個好朋友接受了他罹患的疾病，他還是沒有勇氣，也認爲沒必要和其他人坦承。加上上了大學後，每個同學都穿便服，若要辨識大家，他需要花更多的力氣去記住每個人的身形、肢體行爲以及聲音，會非常辛苦。

所以他乾脆不與任何人來往，這樣就不會有認錯人的狀況發生了。

或許他對戀愛沒興趣，其中一個原因就是因爲這點，五官代表著一個人，然而他連女朋友的臉都認不出來，不是很可笑嗎？

赫泓半封閉了自己，反正對他來說，唱歌已經是他人生的救贖，這樣就夠了。

✦

確定自己的心意以後，夏蟬感覺彷彿脫胎換骨。她在教室和紀青岑難得的打鬧，差點惹得在外頭的蘇雨菡不高興，她趕緊鬆開原本抓著紀青岑的手，來到窗邊與蘇雨菡解釋。

「嗨，蘇雨菡，我是夏蟬，是紀青岑在班上唯一比較會說話的女生。但妳千萬不要對我有敵意，紀青岑不是我的菜……啊，妳知道地下樂團blindness嗎？」

「好啦，夏蟬，我們要走了，拜拜！」歐芊華關上車門，透過車窗對夏蟬揮手後，繫上了安全帶。

夏蟬站在原處看著車子駛離，他們看起來就像一對普通的愛侶。

但是，他和喜帖上面的男人眞的長得太像了。

夏蟬對於自己的認臉能力還算有點信心，現在唯一能確認的方式，就是喜酒那一天直接到現場了。

可是她一個高中生要怎麼混進去？

不可能直接找歐芊華，也不可能找爸媽，更不可能找同班同學，那還有誰……赫泓。

夏蟬的腦海裡浮現出赫泓的臉，她馬上拿出手機，傳了訊息給赫泓。

「請問現在方便通話嗎？」

✦

赫泓夢見了意外那天，小學二年級的他，因爲爸媽答應要帶他去買冰淇淋，卻因爲妹妹發燒需要先去醫院而鬧彆扭。

這是非常無聊的小事情，平常赫泓不會因爲這樣耍脾氣，可是那天不知道爲什麼，他就是心情很不好。

平時很多事情都讓著妹妹了，去醫院的路上，明明就會先經過冰淇淋店，下去買冰再去醫院也沒關係啊。

「只有你一個人吃冰的話，妹妹不是很可憐嗎？」媽媽哄著他。

「可是之前妹妹也一個人吃布丁，沒有分給我啊！」赫泓抱怨。

「好了，不要再吵了，赫泓，你是哥哥，忍耐一下。」爸爸開著車訓斥他。

這讓赫泓覺得好委屈，忍不住在車上哭起來。

他的哭聲感染了坐在一旁的妹妹，導致妹妹也大哭起來，車子裡充斥著兩個孩子的哭聲。

「不要哭了，赫泓，你先安靜！」爸爸皺眉，心情有些浮躁。

「好了好了。」媽媽從副駕駛座轉過身，伸手想要安撫兩兄妹。

「妳不要這樣子，很危險！」爸爸要媽媽坐好，「所以一開始妳就應該坐後面啊！」

「是你要我幫你導航，怎麼又……」媽媽也回嘴，車子裡面的氣氛頓時降到冰點。

「我要吃冰淇淋！我要吃冰淇淋！」赫泓看見冰淇淋店快到了，開始在後座亂踢亂叫，手不小心揮到了一旁的妹妹，妹妹原本就不舒服的身體變得更難受，哭得更大聲。

「你們通通給我閉嘴！」爸爸回過頭大喊，卻沒注意到號誌燈轉紅，車子直衝了出去，瞬間與搶先起步的砂石車對撞。

車子原地翻了好幾圈，赫泓的頭撞到好幾次旁邊的把手，瞬間發生的事情太多了，赫泓根本記不清楚。

當他睜開眼睛的時候，只看見兩張血肉模糊的臉。

「啊——啊啊啊——」他尖叫，或是他覺得自己尖叫了。

身旁傳來許多吵雜的聲音，有人拿著機器要破壞車門，而赫泓他們頭下腳上地倒掛著。

那恐怖的臉是什麼？怎麼會坐在爸爸、媽媽的位子？妹妹呢？

他轉頭看著妹妹應該在的地方，卻空無一人。

「裡面還有一個小孩！」外面有人這樣喊，忽然好幾雙手伸進來要拉出赫泓。

「爸爸、媽媽！」他哭著，但喉嚨好痛，喊不出聲音，他伸手想抓住父母，卻不能確定那是不是他的父母。

「大人好像……」

赫泓大哭著，被人抱著送到了救護車裡頭，他看著四周的人，想要叫他們快去救爸媽。然而他發現，所有人的臉看起來都一片模糊，明明可以看到眼睛、嘴巴、鼻子等，可是拼湊成一張臉時，他卻無法辨識。

「爸、爸爸，媽媽！爸爸、媽媽！」他因爲恐懼而大吼，身體好痛，他被用力固定在擔架上，一群恐怖的陌生人一直要他冷靜，但是他沒辦法。

最後，不知道是救護人員打的針生效了，還是赫泓虛脫到暈倒，等他再次醒過來時，已經在醫院裡。

他得知了爸媽當場喪命的壞消息，得知了妹妹被送往別間醫院的消息。他無臉面對一切，都是因爲他吵鬧的關係，才會造成這場意外。

他在醫院待了很長的時間，身體的損壞早已修復，可是他的心靈卻封閉了起來。

「你的妹妹已經送到新的家庭了，如果你願意的話，可以跟她一起過去，那對夫妻表明可以領養你們兩個。」社工人員每天都會過來與他說話。

「我沒有臉見我妹妹，我毀了我們家……」小小的赫泓深深自責。

「意外不是你的錯。」雖然大家都這麼告訴赫泓，可對赫泓的小腦袋瓜來說，這場意外就是他造成的。

他認爲，如果妹妹繼續和自己在一起也會不幸，而且在意外發生前，他對待妹妹的方式也很過分，要是妹妹知道眞相，一定會恨他。

於是他不打算與妹妹見面，孤身進到育幼院。

在醫院時，赫泓的臉盲的症狀就已經出現了，他認不得眞實世界的每個人，卻能看見照片裡頭家人的五官。

醫生們認爲，這是創傷後壓力症候群引起的，也可能是過於自責或是看見父母慘死的五官產生的創傷症狀。

這或許會隨著時間改善，或許就一輩子這樣，連醫生都不能保證。

隨著赫泓的年紀增長，醫生開始建議他尋求諮商師的協助，以化解小時候造成的心理陰霾，這樣也許能痊癒。

然而赫泓並不想如此，臉盲症提醒著他曾經犯過的錯，讓他帶著一輩子的罪惡感活著。

他看不清楚任何人的臉，也需要花很多時間記住與他交流的人的行爲習慣，這對他的交友造成了很大的困難，這是他應得的。

赫泓很幸運遇見了磚頭、閃耀、章魚這些夥伴，即便看不清楚他們的長相，他也能自在地與他們相處。

只要這樣赫泓就滿足了，其他的情感、更多與他人的連結，赫泓不敢想，也不需要。

可是，夏蟬卻出現了。

那是他唯一看得見的一張臉……

叮叮——

赫泓滿身是汗，睜開眼睛看見自家的天花板，一旁的手機發出規律的震動聲。他從床上起身，看了一下時鐘，現在是晚上十點多。

他練團回來後，沒想到不知不覺就睡著了，還做了一個不愉快的夢。

拿起手機，他發現磚頭打了兩通電話、閃耀還有夏蟬發了訊息。

他先點開夏蟬的訊息，是三十分鐘前傳來的，然後他撥了電話過去。

「喂！」

夏蟬幾乎不到一秒就接起，這讓赫泓忍不住一笑，「接得好快。」

「啊，因爲我剛好在用手機。」傳訊息給赫泓後，她可是一直盯著手機看呢。

「怎麼了嗎？」

「不好意思，那個……我有一件事想拜託你幫忙，如果很麻煩的話，你也可以拒絕我沒關係。」

「嗯？」

「就是我們社團成發的隔天，你可以陪我去一場喜宴嗎？」

「喜宴？」

夏蟬把來龍去脈告訴赫泓，他聽了以後想也不想地拒絕，「我那天有事情，可能沒辦法幫妳。」

「這樣啊……沒關係，對不起，麻煩你了。」

「妳為朋友著想的這份心意很好，但是別陷太深，畢竟是別人的感情事。」

夏蟬聽到這句話後，有一些不悅，「不能這麼說呀，正是因為她是我的朋友，所以我更應該這麼做才對，如果我不為她這麼做，還有誰能幫她呢？」

「我不是那個意思。」可赫泓認為自己說的話也不算錯，干涉朋友的感情太多，有時是自找麻煩。

不過他不也幫助了潘呈娜嗎？仔細想想，他也沒什麼資格說別人。

「你是因為這樣想，才不願意陪我去嗎？」夏蟬忍不住問，「認為我不該干涉朋友的感情？」

「不是，是我幫不上忙。」到現場可能又要費心認臉，要是夏蟬以後問自己新郎和朋友的男友相像嗎？赫泓可沒辦法回答。

「爲什麼這麼說？陪我去就是幫最大的忙了……啊，抱歉，沒關係，眞的很謝謝你。」夏蟬不想當太煩人的女生，「對了，我們的票已經做好了，我等等傳給你喔。」

「嗯，謝謝。」

掛掉電話後，夏蟬覺得自己好像做錯了，不該反駁赫泓才是。

唉，喜歡一個人還眞難。她忍不住想。

如果赫泓不能陪自己去的話，她就自己一個人去吧，無論如何，她都得知道，那個新郎到底是不是歐芊華的男友。

第七章

歐芊華和男友的外宿之旅似乎十分開心，夏蟬一面聽著歐芊華訴說景點多美，以及男友多浪漫，一面心不在焉地想著喜酒那天該怎麼辦。

「話說，妳這禮拜天要做什麼啊？」夏蟬決定先探聽看看，歐芊華男友在這禮拜天有沒有事情。

「我和家人要去看電影，怎麼了嗎？」

「喔，那妳男友呢？」

「他這禮拜六日員工旅遊，所以很忙。」歐芊華嘟嘴，「不過沒關係，反正我很幸福，妳看，這是他買給我的項鍊。」

看著閃閃發亮的項鍊，夏蟬扯了扯嘴角。

「抱歉啊，禮拜六是妳話劇社的表演，我卻沒辦法來看。」

「沒關係啦。」

「眞可惜，不然我也想親眼見見那位『妳喜歡』的赫泓。」歐芊華用手肘推了推她，意味深長地調侃。

「他不會來跟我打招呼啦，怕被人認出來。」

「他有這麼紅嗎？我根本就不知道他是誰啊。」

「那是因爲妳沒有在聽地下樂團的音樂。」

「哈哈哈，也是。說到音樂，妳媽媽現在還會怪怪的嗎？」

「她現在好一點了，之前眞的比較奇怪，聽到我唱歌或是講任何跟音樂有關的東西，就會反應很大。」夏蟬歪頭，「不過我看過戶口名簿了，我是他們親生的無誤。」

「妳還眞的去看喔！看來妳很在意啊。」歐芊華大笑起來，夏蟬可說不出口，其實她是爲了證明自己並不是赫泓的妹妹。

不過說到這，她好像還沒跟赫泓講這件事情，或許下次可以跟他提一下。

「我男友今天也會來接我下課，我們要去吃宵夜。」

「你們最近很甜蜜啊。」

「對啊，我想要在大學的時候就嫁給他，不過我媽應該會發瘋吧，她連我和快三十歲的人交往都不知道。」

「嗯，妳可能會有一場家庭革命喔。」夏蟬忽然皺眉，伸手摸了肚子，「妳有衛生棉嗎？我好像提早來了。」

「哇，妳禮拜六要上台表演，現在月經來很麻煩吧。」歐芊華邊說邊從書包拿出衛生棉給她，「要陪妳去嗎？」

「好啊，感謝。」

「真是奇怪，我這個月好像晚了。」歐芊華勾起夏蟬的手，一邊計算著日子。

「該不會懷孕了吧……」夏蟬有點擔憂。

「呸呸，不要亂講！我們都有避孕。」歐芊華捏了夏蟬的手。

「那就好。」雖然歐芊華這麼說，但她怎麼覺得對方的表情有些不安？

✦

青海高中的社團成果發表會十分熱鬧，校外人士也可以入內觀賞。

夏蟬換好了茱麗葉的衣服，站在後台偷看台下的觀眾。

赫泓的紅髮雖然顯眼，但他一定會變裝，所以夏蟬只需要注意戴帽子跟口罩的來賓就好。不過這裡的視線範圍有限，她無法清楚看到所有觀眾。

「妳在等誰嗎？」董炎成湊了過來。

「嚇我一跳。」夏蟬回頭，穿著羅密歐戲服的董炎成，金色的頭髮往後梳，配上立體的五官，看起來還眞有外國王子的感覺。

「妳有邀請誰嗎？」

「我爸媽會來。」夏蟬理所當然隱瞞了赫泓的名字。

「哇，妳居然有邀請爸媽，我爸媽連今天是社團成果發表都不知道。」

「這就是兒子和女兒的差別。」夏蟬哼了聲，「你應該不會緊張吧？」

「不會，我狀態好得很。」董炎成揉了一下鼻子，「對了，關於剛才大家提議加戲的部分，妳眞的可以？」

「你說親臉頰嗎？親個臉頰沒有關係。」

「妳的反應還眞平淡，如果是其他女生，大概臉都紅起來了。」董炎成有些失落，他在學校還算受歡迎呢，沒想到夏蟬居然對他親吻她臉頰這件事情毫不在意。

「這是演戲啊，專業，你懂嗎？」夏蟬對著董炎成搖手指。

「是是是，話劇社社長！」董炎成對她行禮，這時候禮堂關閉了幾盞燈，這是節目即將開始的提醒，「快點，要準備上場了。」

夏蟬又望了一眼觀眾席，希望赫泓已經來了。

赫泓拿著票券，進場的時候燈光已經暗了一半，舞台上的布幕也拉了下來。他找到一個較不顯眼且靠近門口的位子，並沒有打算待到最後。人太多的話，他看著模糊的五官也會心跳加速，覺得不太舒服，加上被認出的機率也高，所以才會挑快開演時進場。

不過他沒想到高中生的話劇社表演，場地居然真的坐滿了人，這讓赫泓有些驚訝，印象中，自己高中時的成果發表會，所有人都是愛參加不參加的。

就在這時，布幕拉開，台下響起了熱烈掌聲，仔細一看，舞台的後方還有一組樂團。赫泓挑眉，他們大概就是夏蟬跟他說過的熱音社吧。

她的確說過熱音社會協助伴奏，但是他沒想到會直接在舞台上演奏，這樣收音方面的問題怎麼克服？赫泓很是好奇。

故事開場，是羅密歐的家族舉辦舞會，由一群人唱跳的方式帶出與茱麗葉家族的世仇關係，接著羅密歐獨唱出自己的孤寂，以及希望有了解他的人出現。

這讓赫泓眼睛一亮，距離這麼遠的他，不能確定台上的人演技如何，然而這些人的走位、歌聲，以及搭配的音樂等，水準都超過一般高中生。尤其是羅密歐的演員，聲音更是在水準之上。

赫泓注意到他的金髮，想起了夏蟬身邊的男孩——董炎成。

沒想到他的聲音這麼好聽，這讓赫泓有種撿到寶的感覺，要是可以邀請他來配合音的話，好像也很不錯。

只可惜都是男人聲音，似乎還差了點什麼……

赫泓坐正了身體，仔細聆聽每一位演員的歌聲，儘管都不差，可是跟董炎成相比，就略顯遜色了。

沒想到來看高中生的話劇，居然能有如此收穫，這讓赫泓有些驚奇。

現場的觀眾看得如痴如醉，這時候扮演茱麗葉的夏蟬出場，穿著藍色禮服的她站在高台上，看起來就像仙女一樣。

這是一種很奇特的感覺，就算是沒有臉盲症的一般人，在這樣的遠距離之下，都不能清楚看見夏蟬的表情才是。

然而赫泓卻清晰地看見了，就像夏蟬此刻站在自己面前一樣，她的五官如此鮮明，連些微的皺眉、嘴角的抽動、眼波的閃動等，赫泓都看得一清二楚。

他低下頭，稍微揉了一下眼睛，又抬頭看去。夏蟬往自己的方向笑了一下，不知道是錯覺還是夏蟬真的與自己對到眼，他感受到心臟彷彿被無形的手抓緊了一般，有些呼吸困難。

或許是戴著口罩，又在觀眾密集的禮堂，才會如此吧。赫泓這麼告訴自己。

接下來，當夏蟬開口唱歌的時候，赫泓忍不住站了起來。

「先生，你可以坐下嗎？我看不到！」後面的人小聲喊，但赫泓的注意力全放在了夏蟬身上。

董炎成的聲音令赫泓驚豔，而夏蟬的聲音又高了一個層次，彷彿可以把人的靈魂短暫強制停留在這個空間，只爲聆聽她的歌聲。她的聲音無視空間、地形的阻隔，穿透了一切，直擊他的內心，強力的波動讓赫泓無法思考。

倘若讓我遇見妳　我有累積千年的話要說
卻在接觸的瞬間　明白　妳已從我的回憶遠去
眞心愛妳千年前如此　千年後不變
離去是愛妳的　最後祝福

故事的尾聲，是夏蟬與董炎成的合唱，技巧堪稱完美，在場的部分觀眾甚至流下了眼淚。

希望你離開　別攪亂我的心
但你轉身　我卻撕心裂肺
不相信輪迴轉世　只相信今生緣分
但你的身影　卻重疊了千年

當合唱至此時，董炎成牽起了夏蟬的手，兩個人終於跨越了千年的時間差，在這瞬間心意相通。而董炎成親吻了夏蟬的臉頰，讓全場頓時發出尖叫聲。

話劇社與熱音社的表演引起轟動，在熱烈的掌聲下，完美落幕。

「老公，小蟬還是唱歌了……」夏蟬的媽媽在台下看著，既驕傲女兒的成功，同時又擔憂女兒的歌聲。

「不是說了嗎？順其自然，愛唱歌並沒有錯，妳也別太糾結了。」夏蟬的爸爸拍了拍媽媽的肩膀。

「嗯，我們把花拿去給她吧。」媽媽微笑，堅定心智，和另一半朝後台走去。

社團裡的人們正因爲演出成功而互相擁抱慶賀，董炎成則是因爲剛才的那一個吻，感到有些春心盪漾。

「小蟬。」媽媽喚了正被社員圍繞的女兒。

「爸、媽！你們喜歡我的表演嗎？」夏蟬一見到父母，便開心地跑了過來。她的臉頰因為興奮而紅潤。

見到女兒如此開心的笑容，媽媽也只能接受一切，「妳表演得很好，唱歌非常好聽，這是送妳的花，爸媽會當妳的頭號歌迷。」

聽到媽媽這樣說，她眼眶頓時濕了，想用花束遮住五官與淚水。不過爸媽還是注意到了，他們欣慰地互看一眼，這瞬間覺得自己的女兒長大了。

「妳就和同學好好慶功吧，爸媽去晃一晃，就先回去了。」

「之後再帶妳去吃好吃的。」媽媽摸了一下夏蟬的頭，夫妻兩人才離開後台。

夏蟬抱著花束，這是她人生中收到的第一束花，她一定會好好珍惜。

「剛才那是妳爸媽嗎？」董炎成抓準機會，過來與夏蟬攀談。

「對啊，他們說我表演得很好。」

「嗯，他們對於我親妳沒有什麼意見喔？」董炎成小心地問著。

「沒有耶，連提都沒有提到。」夏蟬用力拍了一下董炎成的肩膀，「拜託，大家都知道在演戲，要在意什麼？這樣就太不專業了！」

「呃……說得也是。」董炎成略顯失望，要是對方父母太在意，他也很困擾，但完全不被在乎，又是另一種層面的失落。

「各位，別忘了晚點在校門口集合，要去慶功喔！」夏蟬朝所有人喊。

聞言，大家一陣歡呼，各自處理好分內的工作後，便解散去逛其他社團的成果發表會。

董炎成慢吞吞地脫掉戲服，換回了制服後，又慢吞吞地收拾熱音社的東西。直到後台剩下零星幾個人，他才走到正在清點物品的夏蟬背後。

「夏蟬，妳等一下有事嗎？」

「我？我沒事啊，會去逛逛其他社團吧。」夏蟬在清單上面一一打勾，然後簽下自己的名字。

「這樣的話，要不要和我一起去逛？」董炎成提出邀請，雖然這不是第一次邀約夏蟬，他卻格外緊張。

他感覺自己對夏蟬有好感，雖然還不到戀愛的程度，但可能正逐漸朝那個方向靠近。

「逛社團嗎？你要……」夏蟬拿出手機想看一下時間，卻被螢幕上的訊息通知嚇到，她震驚地瞪大眼睛。

「我在外面等妳。」

是赫泓的訊息！

他來了！他真的來了！

他明明說過就算來了，也不會跟自己見面，可是現在他卻在外面等她！

夏蟬忍不住揚起嘴角，立刻點開訊息，快速地回應，「我馬上出去！」

接著，她快速拿起自己的小背包，還不忘整理一下頭髮跟服裝儀容。

「夏蟬？」董炎成不明白夏蟬忽然改變動作的行徑，還有她笑得燦爛的原因。

「抱歉，有人在等我，我先走了！」夏蟬拍了兩下董炎成的肩膀，「慶功宴見啦！」

說完，她一溜煙地跑出去，留下董炎成一個人站在原地。

「啊……唉，看來是……沒機會了。」董炎成不是不見棺材不掉淚的類型，見好就收是他人生鐵則。反正他對夏蟬正處於好感開花的階段，要是夏蟬有了其他喜歡的人，他停在這裡或許更好。

從剛才夏蟬看到訊息的表情，還有急奔出去的模樣，想來簡訊那頭一定是很重要的人，而且夏蟬對他抱有戀慕之心。

喜歡上已經有意中人的人，誰也不能保證最後結果會是好的，董炎成可不想嘗到戀愛苦澀的感覺，還是快樂地玩社團、交朋友、唱歌，這樣比較單純。

某方面來說，這也算是一種不勇敢跟逃避吧。

董炎成想了想，然後聳聳肩，回頭拿起了自己的東西，也離開了後台。

夏蟬抓著手機，興奮地跑出禮堂左右張望，很快就看見一個戴著帽子的男人站在一旁的樹蔭下玩手機。

她再次整理好自己的瀏海，然後拍了拍裙子，才慢慢走過去。

「嗨。」她開口，聲音有些乾澀。

赫泓抬眸，與夏蟬對眼，在那瞬間，兩個人避開目光，接著又緩緩對上。

「嗨。」赫泓居然也跟著回應一樣的話，他感覺有點糗。

「你來看成發了。」夏蟬雙手放在腰後，不知道爲什麼好緊張。

「對，我說我會來。」本來打算先行離場的他，就這樣被夏蟬的歌聲吸引，看到了最後。

「你覺得我們的表演怎麼樣？」

「非常好。」赫泓毫不猶豫地稱讚。

「真的！？」夏蟬眼睛發亮，被赫泓誇讚，對她來說是無上光榮。

「妳唱歌很好聽。」赫泓說完後，覺得這樣的話好像不足以說明他有多驚訝，

「應該是說非常好聽、超級好聽。」

結果他形容出來的讚美卻變得很像小孩子才會說的話，更顯得可愛。

夏蟬的臉紅了起來，笑得合不攏嘴，「謝謝你。」

聽到夏蟬唱歌的那瞬間，赫泓就決定了，那首歌缺的就是這個聲音。他想要邀請夏蟬一起上台唱歌，卻不知道怎麼開口，通常邀請人這種事情都是磚頭負責的。

況且，他前幾天才拒絕夏蟬的請求，這時候反而要夏蟬幫他們樂團合音，好像有點不合適。

「妳明天不是要去幫朋友捉姦？」

「啊，這樣說好像有點太嚴重，應該說是去『確認』。」夏蟬更正，她內心深處當然希望是自己搞錯了。

「嗯，我陪妳去吧。」

夏蟬以爲自己聽錯了，「眞的？」

「對，我忽然沒事情了。」

「太謝謝你了！我原本還想就自己去了呢。」夏蟬笑彎了眼睛，「對了，你要不要逛逛我們其他社團的成發呢？我們學校的社團都很用心喔。」

「沒關係，我已經看完最想看的了。」赫泓說著，然後壓下了帽沿，「明天的時間地點妳再告訴我。」

「好，眞的眞的很謝謝你！」

「對了，妳有妳唱歌的錄音嗎？」

「沒有，爲什麼這麼問？」

「只是問一下。」赫泓勾唇微笑，然而因爲他戴著口罩，夏蟬並沒有看見。

那天晚上，原本一家人要出去吃飯，但夏蟬說想吃媽媽煮的菜，所以媽媽煮了一桌好菜，爸爸還難得地開了紅酒。

「等妳十八歲，就可以和我們一起喝了。」爸爸開心地說。

「好快，再一年妳就十八歲了。」媽媽輕輕搖動著紅酒杯，眼底都是感慨。

「我就快要成年了，好期待。」夏蟬品嘗著媽媽的好手藝，「爸、媽，你們喜歡我今天的表演嗎？」

「喜歡啊，妳歌唱得很好。」爸爸比出一個大拇指，倒是媽媽有些憂愁。

「媽媽，妳不喜歡我唱歌嗎？」

這疑問夏蟬不是第一次問，她想媽媽這次大概也會逃避這個問題，不過或許是黃湯下肚，媽媽用輕輕的聲音娓娓道來。

她看著夏蟬，淺淺地微笑，「以前……我們有對夫妻朋友很愛唱歌，也眞的唱得非常好……看見妳唱歌，就會讓我想起他們……」

「老婆。」爸爸握住了媽媽的手，「妳喝醉了嗎？」

「沒有，我只是想起他們，然後想到歌聲、想到小蟬、想到你們唱歌都很好聽，就想到……」話說到這，媽媽哽咽了起來，爸爸立刻把手放到媽媽的肩膀上安撫。

「老婆，就說妳喝醉了，來，先回房間休息吧。」爸爸扶著媽媽起身，夏蟬也跟著站起來，他們進去房間後，爸爸才又走出來。

「妳媽躺到床上就睡著了，眞是的，才喝多少啊……」爸爸苦笑。

「媽怎麼了？我第一次看到她哭。」

「她就是感性啦，我們的朋友最後因爲一場意外離開了，妳媽跟他們很要好，所以歌聲、音樂這些東西，對她來說頗爲觸景傷情。」爸爸搖頭，坐了下來，「但是妳不需要在意，想唱歌是妳的自由，喜歡音樂也沒關係，妳今天眞的表現得很好，爸媽很爲妳驕傲。」

聽到爸爸這麼說，夏蟬覺得十分暖心，原來事情的眞相是這樣，也難怪媽媽說不出口了。

她想到自己還曾胡思亂想一大堆，就覺得非常好笑。

睡前，夏蟬特意到爸媽的房間，親了一下媽媽的額頭，看著媽媽睡著的表情，道了聲晚安。

夏蟬穿著連身洋裝，頭髮繫上了髮帶，穿了短根的鞋子，臉上還畫了淡淡的妝容。

今天她特意打扮得稍微成熟一些，除了讓自己參加喜宴看起來較不突兀外，也是希望站在赫泓身邊不會像個小孩一樣。

和赫泓約定的地點是捷運站旁的咖啡廳，離喜宴會場雖有點距離，但走過去也不算太遠。

她抵達的時候，發現赫泓已經到了，而且他居然穿著西裝且沒有遮住臉，紅色的頭髮往後梳，看起來非常正式，這讓夏蟬驚訝。

「赫泓！」她忍不住在人行道的對面就先喊了他。

赫泓抬頭，在一群等待過馬路的人群中，準確找到夏蟬。

這讓夏蟬的心跳漏了一拍。她曾聽過，如果喜歡的人在茫茫人海中，妳一定能一眼認出他的都市傳說。

因爲喜歡，所以對方閃閃發亮，所以總能一眼就在人群中發現對方……

當赫泓準確看著自己的雙眼，並且舉起手與她打招呼時，周遭的聲音、人群彷彿都被抽離了，這條路、這個世界，只剩下他們兩個。

而對赫泓來說，鎖定夏蟬這件事情並沒有多難，因爲在他眼中，所有人都是模糊的，只有夏蟬是清晰的，無論多遠，他總是能清楚看見夏蟬的五官。

這何嘗不是一種命定？

「你好早到。」夏蟬紅著臉來到赫泓面前，「今天眞的很謝謝你，要不要喝杯咖啡？我請客。」

赫泓一笑，伸手將夏蟬嘴角附近的頭髮往後一撥。

這舉動讓夏蟬全身僵硬，被碰觸到的地方微微發熱。

「我還沒問清楚，妳打算怎麼確認新郎是不是妳朋友的男朋友呢？」赫泓當然注意到夏蟬紅起的臉與繃緊的身體，他覺得十分可愛，並不打算收手。

「呃，就是……我是想說……」赫泓的食指前端還停在自己的臉頰上，難道她臉上的頭髮這麼多嗎？還是早餐的麵包屑屑？

見到夏蟬慌張卻又努力維持鎮定的模樣，赫泓忍不住一笑，收回了手，「想說什麼？」

「呃……」她怎麼感覺自己被當成小朋友呢？「我是想說，到喜宴那邊走走看看，因爲我不確定她男友的名字，所以想去現場拍照下來，回來問我朋友。」

「假設那個新郎眞的是妳朋友的男友，妳會告訴她嗎？」

「會啊！不然我就沒必要確認了。」

「如果是這樣的話，爲什麼今天不直接把妳朋友帶來呢？」

「因爲、因爲……要是我誤會的話，那不就白白讓我朋友傷心了？」夏蟬捏著自己的手指頭，「另外……要是是眞的的話，我也不想我朋友當場心碎。」

「若眞的是她男友，她事後知道也一樣受傷。她可能還會質問妳，爲什麼不直接帶她去現場。」

「咦？我、我沒想這麼多。」夏蟬愣住，這個可能性她眞沒想過。

赫泓嘆口氣，「她男友見過妳吧？」

「嗯，見過。」

「不如這樣吧，假如新郎眞的是她男友，我們只要站在那邊，假裝是其他宴會廳的賓客不就好了？」

「什麼意思？」

「就是當新郎看見妳的時候，他自己就會露出馬腳了，這時候不需要妳多做什麼，或許新郎自己就會跟妳朋友坦承。」赫泓聳肩，「簡單來說，妳就當作是路過，正好遇到。」

「原來是這樣……謝謝你，沒想到還有這個方法。」

「不會，希望能幫上妳的忙。」

「啊，我請你喝咖啡！」夏蟬說完就要進去咖啡廳，卻被赫泓拉住手腕。

「帶咖啡去喜宴會館不是很奇怪嗎？我們出來再喝吧。」

這個碰觸讓夏蟬的心跳變得飛快，接觸的地方好熱、好燙，讓她都懷疑是不是燙傷了。

「嗯，好……」

赫泓鬆開了夏蟬的手，雙方都同時覺得有些可惜，要是能再牽久一點就好了。

兩人步行到了喜宴會館，今天是好日子，會館門前停放多台來吃喜酒的賓客的車子。

他們進入會館，夏蟬憑著從喜帖上看到的資訊帶著赫泓來到二樓，稍微看了一下每個廳前擺放的新人照。

夏蟬戰戰兢兢地走過一個又一個廳，每看一對新人的照片就鬆一口氣，走到下一個又緊張起來。

終於只剩下最後一廳，夏蟬內心祈禱著……

可是，她的心終究涼了。

歐芊華的男友與另一個陌生女人洋溢著幸福氛圍的婚紗照，就大剌剌地放在宴會廳門口。

「眞的是他？」赫泓見到夏蟬慘白的臉，隱隱猜到了。

「對……眞的是他……」夏蟬咬著唇，覺得氣憤，也覺得悲傷。

她拿出手機拍了幾張照片，想留下證據，禮金人員看見了，出聲關切。

「請問是新郎還是新娘的朋友呢？」禮金人員的口吻不算肯定，因爲夏蟬看起來太年輕。

「我們是跟父母過來的，不太確定是哪一邊，等他們過來再給紅包。」赫泓接話，還不忘露出笑容。

「啊，好的，這邊的謝卡可以拿喔。」禮金人員見到赫泓俊美的臉蛋，也跟著露出了微笑。

「夏蟬，我們去旁邊等吧。」赫泓的手扶上了夏蟬的肩膀，感受到她些微的顫抖。

兩個人來到不引人注目的角落，然而因爲赫泓的紅色頭髮與完美的身形比例實在太過吸睛，更別說那好看的五官；夏蟬的肌膚白皙，配上靈活的大眼睛，兩個人站在一起，想不吸引視線也難。

「我們還需要等跟新郎碰面確認嗎？我已經確定是他了。」夏蟬深吸一口氣，試圖讓自己鎮定。

「我們的目的是要讓新郎看到妳，不是嗎？」赫泓看了一下時間，「現在快要一點了，照理來說，一點一定會開桌，所以我們再等一下就好。」

「好，但是我沒自信看到他，我會不會，就是……」

「怎麼樣？忍不住打他嗎？」

「也不是，就是哭出來，或是瞪他。」夏蟬苦笑，沒想到自己的朋友會遇到這種事情。

「沒關係，有我在，妳只需要站在我旁邊就好。」赫泓摸了夏蟬的頭頂，在這瞬間，忽然想起潘呈娜提醒過的話，不能隨便摸女生的頭。

可是此刻他就想這麼做，也只想對夏蟬這麼做。

「謝謝你，赫泓。」夏蟬看著他，黑色的瞳孔對上一樣漆黑的眼眸，彼此的眼中只有彼此，彷彿無盡延伸的黑洞一般，將對方拉至眼底，牢牢記住。

「新郎新娘準備進場，請在這邊稍候。」忽然，一旁的工作人員說著，這讓夏蟬與赫泓兩個人瞬間回神。

夏蟬雙手摸上臉頰，從手掌傳來溫熱的觸感，她臉紅了……絕對臉紅了。

剛才和赫泓這麼近距離的接觸，還有那「你眼中有我，我眼中有你」的對視，實在是太讓她的心臟受不了了！

她偷看赫泓一眼，對方一手握拳，放在嘴前咳了一聲，然後喊了她的名字，示意她往前方看。

差點就忘了正事，夏蟬立刻往前方準備進場的新人望去，只看見新郎的側臉，她該怎麼讓他看向自己？

「我有辦法。」赫泓明白夏蟬的疑慮，接著他大喊，「夏蟬，找到妳的手機了！」

這一喊，夏蟬明顯看到新郎似乎縮了一下，接著他轉過頭來，神色緊繃地看向夏蟬。

然後很快地，新郎迅速回過頭，用後腦杓對著夏蟬，死都不再轉頭。

「怎麼了？」新娘如此問。

「沒什麼，快進場了。」新郎回道。

「夏蟬，手機在這裡，我們走錯了啦，是在三樓才對，快點走吧！」赫泓又大聲說，然後拉起夏蟬的手，就往手扶梯走去。

在與新人擦身而過時，夏蟬回過頭，對上新郎詫異又心虛的表情，然後皺起眉頭，頭也不回地跟著赫泓離開。

第八章

咖啡廳裡音樂悠揚，喝了一杯可可牛奶後，夏蟬平靜不少。心靈平靜後，她肚子也餓了，所以又加點了麵包套餐。

「妳也喜歡麵包？」赫泓問。

「我覺得還滿好吃的，而且上次你吃麵包津津有味的模樣，我想你應該喜歡麵包。」夏蟬笑著，「今天眞的非常謝謝你，如果沒有你，我可能就眞的傻傻地拍照，傳給歐芊華看，然後讓她受傷。」

「那也是一種作法，不是不好。」赫泓喝了口咖啡，「接下來妳就沉住氣吧，等他按捺不住，會先行動。」

「好，我知道了。」夏蟬拿起麵包，撕開以後沾了湯吃。

她這模樣讓赫泓想起了妹妹。他的妹妹也喜歡這麼做，然而麵包沾湯的舉動並不稀奇，很多人都會這麼做，就連眞眞也這麼做過。

「如果之後還有什麼需要幫忙的，可以隨時跟我說。」赫泓先丟出引子。

「好，你若有什麼需要我幫忙的，我也會盡力。」然後夏蟬如同赫泓所希望的，也說出了意思相同的句子，「不過我想，你大概沒有事情需要我幫忙吧。」

「不，我正好有事情想請妳幫忙。」赫泓坐直身體，「我們最近正在錄製新歌，需要一個新的聲音加入，所以想問問看妳的意願。」

「什、什麼？」夏蟬完全沒料到會收到這樣的邀請。

「應該說，我強烈希望妳能加入，我們那首歌曲缺的就是妳的聲音。」

夏蟬彷彿看見自己和赫泓一起站在舞台上，而下方有成群的觀眾尖叫著，當她往旁邊一看，就能看見赫泓也在一旁與她高歌。

昨天話劇社表演，飾演羅密歐的董炎成與她一同歌唱時，她就曾想過，要是現在是赫泓在眼前該有多好。她喜歡站在舞台上的感覺，也曾猜想，和赫泓一起站在台上是什麼感覺。

所以這個邀約的答案，她完全不需要考慮。

「我沒問題！」被憧憬的人肯定自己的歌聲，對她來說是無上光榮。

「太好了！」赫泓鬆了一口氣，畢竟他想過夏蟬可能會拒絕，「不過，由於妳還未成年，想讓妳上台的話，我們應該需要先徵得妳家長的同意。」

「好，我想我爸媽應該會答應。」昨天爸媽才說她是他們的驕傲，要是現在知道她被眞正的歌唱專業人士肯定，一定更高興。

「既然如此，有件事情我想也可以提前告訴妳。」赫泓挪動了一下身子，「你們學校六月的園遊會，我們有受邀演出。」

夏蟬差點把正在喝的飲料噴出來，「眞的假的，我們學校有邀請你們？」

「我們也很訝異校方選我們這樣的地下樂團。」

「不是，我驚訝的是我們學校居然這麼有sense邀請你們，老師們居然知道我們喜歡什麼，我突然尊敬起他們了。」

「或許也是因爲有你們學生的大力推薦吧。」赫泓一笑，「如果說，到你們學校表演的時候，妳上台和我們一起唱那首歌呢？」

「這、這樣好嗎！會不會被大家認爲，你們特殊對待……我呢？」

「不能說是特殊對待，妳是經過我們團正式邀約加入的嘉賓。這次社團成發後，相信大家對妳的實力也都滿認同的，所以不會有這問題。」赫泓說完後皺了眉頭，「但是妳可能會比較困擾，因爲之後難免會受到朋友們的熱切關心。」

「哈哈，我不擔心。」夏蟬笑彎了眼睛，「我們什麼時候開始練習呢？」

「別急，要先和妳爸媽見面。」赫泓看了一下手錶，「妳今天還有時間嗎？我想先帶妳去我們的練習室，讓團員們聽聽看妳的聲音。」

「可以，我會加油的！」夏蟬握拳，她絕對不會讓赫泓丟臉。

就這樣，兩人用完餐後，搭上赫泓叫的車，前往閃耀家。

「哇，好大！」

閃耀的家坐落於山區，是一幢別墅，一樓有個大車庫，他們都會在那裡練習，就像外國電影裡會出現的場景一樣。

「閃耀是有錢人家的小孩，雖然氣質不像就是了。」赫泓按下了電鈴，大門很快開啓，他熟門熟路地往左邊走去。

從這裡就可以聽見鼓聲和貝斯的聲音，當赫泓帶著夏蟬出現在車庫時，其他三個人心照不宣地互看一眼，其中一人笑著說：「我就說了，總有一天會很常看見夏蟬。」

這句話讓夏蟬困惑地歪頭，而赫泓翻了一個白眼。

「不鬧了，你說夏蟬就是我們缺的聲音是嗎？」磚頭維持團長風範，率先進入正題。

「用說的你們無法理解，夏蟬，妳直接唱歌吧。」

「大家好，我會努力的。」夏蟬有些尷尬地笑著，對於自己能夠站在這裡，感覺很不真實。

就算最後不被團員們青睞，夏蟬也會把這件事情永存心中，當成永遠的寶物。

她閉起眼睛，想像自己又站上了舞台，聚光燈在她的頭頂上方，面前有一隻麥克風。

在她想像的世界中，只要握上麥克風，一切的緊張與不安都會停止。

她開口，唱出了社團成發時最後高潮的歌曲，當她唱著茱麗葉的歌詞時，另一個聲音加入了她的歌聲之中。

赫泓只聽過一次，就將旋律及歌詞記了下來，他唱起羅密歐的部分時，和聲更加完美。

磚頭、閃耀、章魚都張大嘴，看著眼前嬌小的夏蟬，想不到她的爆發力如此強。

唱完最後一個音，夏蟬睜開了眼睛，剛才的完美和聲就像是一場美好的夢境。

「天、天啊……」章魚的鼓棒差點掉下來。

「你們看我的手，不誇張，起雞皮疙瘩了。」閃耀舉起手臂給他們看。

「太棒了、太棒了！夏蟬，妳怎麼這麼會唱！除了赫泓外，我還沒聽過別人的歌聲讓我震驚成這樣！」磚頭立刻衝過來抓住夏蟬的肩膀，「妳是電、妳是光，妳是唯一的希望啊！」

「你太誇張了吧。」赫泓推開了磚頭的手，下意識地把夏蟬往自己的身後放。這樣一個略有宣示主權意味的行爲，大家都看在眼裡，只有赫泓與夏蟬兩人沒有發覺。

「我看你們這樣的反應，應該就是同意了吧？」

「對，何止一首歌的和聲，變成雙主唱都沒有問題！」閃耀興奮地大叫。

「不要這麼草率！」磚頭制止，然後看著夏蟬微笑，「妳不用緊張，只需要幫我們合音一首歌，這件事情應該要經過妳父母同意吧？」

「對，要麻煩你去跟她父母確認了。」赫泓說，這類交涉溝通的工作一向都是磚頭負責。

「沒問題，交給我吧，看夏蟬什麼時候方便。」磚頭眨眼。

「那現在就讓夏蟬聽聽看我們那首歌吧。」閃耀立刻拿出手機，搜尋檔案，然後放出他們那天練習的歌曲。

夏蟬閉起眼睛，聽著赫泓的歌聲，想像著自己與他站在同一個舞台上演唱。

「我一定要唱！」夏蟬睜開眼，堅定地說，所有人聞言都笑了。

「對了，看大家都裝沒事，我本來也很想忽略啦，但實在是忍不住了。」章魚咳了一聲，「你穿成這樣是怎麼回事？夏蟬也是，你們今天去登記結婚喔？」

「噗，哈哈哈哈哈！」

「章魚，這時候就該當沒看到啊。」

幾個人哈哈大笑，夏蟬臉紅起來，赫泓則搖頭，在夏蟬耳邊說了句：「別理他們。」

然而這樣近距離的接觸，讓夏蟬的臉更紅了。

「赫泓，你天然撩妹耶。」閃耀糗他。

「別鬧了，快點寫好樂譜給夏蟬吧。」赫泓道。

夏蟬站在原地，伸手蓋住自己的耳朵，覺得好熱好熱，全身彷彿都快燒起來了。

✦

六月到來，學校園遊會的時間也逐漸靠近。

夏蟬的父母在驚訝又複雜的情緒下，同意磚頭讓夏蟬與blindness合作表演，但前提是必須送夏蟬回家，以及只表演這一首歌。

夏蟬似乎對音樂很有天賦，她看完樂譜，能自動在腦內轉成音樂。聽過一次的歌，她就能記住拍子與節奏，這讓閃耀稱讚夏蟬是天生的歌唱者。

「好扯，妳居然就這樣和妳喜歡的樂團扯上關係了，說不定以後妳眞的會和那個主唱交往！」歐芊華興奮地尖叫。

「小聲一點啦，現在還是祕密。」

「唉唷，又不是眞正的明星，就算被聽到，不知道blindness是誰的機率比較高好嗎？」歐芊華說的也是實話。

「如果可以因爲這樣就和赫泓更接近，或是更進一步當然好。如果沒有，我也覺得很滿足了。」對夏蟬來說，現在能跟赫泓一起唱歌、見面、聊天、吃飯，就已經很好了。

「妳一定會越來越貪心的啦，這就是人、就是愛啊！」歐芊華對她比了一個手指愛心放在臉頰邊。

夏蟬忍住翻白眼的衝動，突然想到別的事，「對了，妳和男友最近還好嗎？」

「唉，別提了，他最近好奇怪。」一提到男友，歐芊華的臉色變得難看，「他很難得地一直問到妳耶。」

夏蟬嚇了一跳，「問到我？怎樣的問法？」

「就問我最近有沒有跟妳見面啊，還有聊了些什麼。」歐芊華皺起眉頭，「他不會喜歡上妳了吧，不然幹麼問妳？」

「呸呸呸！」夏蟬一臉嫌棄。

「我只是開開玩笑，幹麼這麼用力否認，好像被我男友喜歡是多衰的一件事情，這樣我會難過喔。」歐芊華嘟嘴。

「你們……最近還有見面嗎？」

「有啊，只是頻率變很少，他最近工作好像很忙。」

「那你們有……上床嗎？」夏蟬幾乎是用氣音問。

「唉唷，怎麼問我這種事情啦！」歐芊華雙手放在臉頰邊，故作三八地左右搖擺，「當然有啊，哪有情侶不上床的。」

夏蟬聽了，心中隱隱感到憤怒。

難道他想假裝沒事，繼續用已婚的身分和歐芊華交往嗎？

「嗯，那個……夏蟬啊。」歐芊華忽然壓低聲音，然後左右張望確認有沒有人在聽，一副欲言又止的模樣。

「怎麼了？」

「妳……月經準時嗎？有沒有因爲最近考試壓力大而延期？」

「我都是差不多的時間來，沒有因爲壓力而改變。」夏蟬忽然愣住，「等一下，歐芊華，妳該不會……」

「我晚了一個月。」歐芊華咬了下唇，「但是這對考生來說應該很正常吧？」

「妳以前月經都準時嗎？」

歐芊華點點頭，臉色很難看，還是硬擠出笑容，「都很準時，可是我們都有避孕。」

「妳是怎麼避孕的？從頭到尾戴保險套？」

歐芊華乾笑，自己講得都心虛，「有時候會先放進去幾下後再戴，或是有時候會射在外面……」

「小姐，那不叫避孕好嗎，妳沒有認眞上健康教育課？」夏蟬簡直快暈倒，「等等我們就去買驗孕棒。」

「不要啦！」歐芊華整個臉都發白了。

「爲什麼不要？」

「說不定晚一點就來了。」

「要是都沒來呢？」夏蟬抓住歐芊華的肩膀，「如果沒有，妳驗了也安心，或是去看醫生確認爲什麼晚來。假設眞的有了，處理也要趁早，無論怎樣，妳都得面對！」

「可是……」歐芊華眼神飄移，不敢看夏蟬，「有了，該怎麼辦……」

妳只能打掉，妳男友已經結婚了。夏蟬很想這麼說，然而她不能。

「我們先驗驗看，再想後面的事情吧。」夏蟬說。

接下來的課程，兩個人都沒辦法專心聽，下課時間一到，夏蟬立刻背起書包，拉著歐芊華離開補習班，往藥妝店跑去。

她們很快就找到了驗孕棒，它跟衛生棉放得很近，歐芊華爲了掩人耳目，還多此一舉地拿了衛生棉想遮掩。

兩個穿著制服的女孩買了驗孕棒並沒有引起店員多大的注意，現在這個世代，店員已經不太在乎客人買些什麼。

「我們要去哪裡驗？」歐芊華咬唇，手壓在書包上，裡頭的驗孕棒讓她非常不安。

夏蟬左右張望，然後帶著歐芊華走進速食店，她點了兩杯飲料，特意挑了離廁所最近的空位，焦急地等著歐芊華出來。

時間一分一秒過去，飲料她都喝掉一大半了，但是歐芊華還沒出來。

有兩個別校的女學生從廁所走出來，交頭接耳地討論。

「裡面那個人哭得好慘喔。」

「要不要跟店員講啊？」

夏蟬聞言馬上站起來往廁所跑去，一進去便聽見不小的哭聲，她抬手用力拍著門板。

門鎖打開，映入眼簾的是哭花了臉的歐芊華，以及她手上那根兩條線的驗孕棒。

「歐芊華，妳還好嗎？」

「妳已經懷孕九週了，這個在閃的白點就是小孩的心跳。來，聽聽看心跳聲。」

從超音波的機器裡傳來了強而有力的咚咚聲，然而歐芊華的臉色卻鐵青到不行，沒有半點喜悅。

看著歐千華的模樣，想起那個渣男，夏蟬握著的拳頭隱隱發顫。

「歐小姐，妳今年十七歲了，照理說我們不需要通報，但由於妳未成年，所以之後若有任何決定，還是需要法定代理人，也就是妳的父母出面。」

穿著高中制服的兩個女孩，其中一個臉色鐵青，在這樣的時間掛號看診……經驗豐富的醫生不難猜出她們的困境。

「請不要自己找人解決，對身體很傷。」醫生忍不住提醒。

「謝……謝謝醫生。」夏蟬攙扶著歐芊華從床上起來，她渾身顫抖，擦去了肚子上的超音波耦合劑。

「需要我請護理師打電話給妳追蹤嗎？」醫生不放心地問。

「沒關係，我會再來的……」歐芊華的顫抖沒停過，在夏蟬的陪伴下走出了婦產科。

她到現在還不敢相信，自己已經懷孕了，聽到心跳她只感受到恐懼。她的肚子有一個生命，而她自己都還是個小孩，肚子卻有了另一個小孩。

「夏蟬……」她抓緊夏蟬的手腕，手指幾乎要陷入她的肌膚裡，「我該怎麼辦？」

夏蟬的內心天人交戰，這時候還要告訴歐芊華事實嗎？她已經有了另一個大麻煩，要是再讓她知道男友已經結婚了，對她是多大的雙重打擊……

此外，也不可能讓懷孕的歐芊華去找男友，要對方負責，因爲他已經結婚，這條路太不實際。

「妳想怎麼做呢？不要想妳男友，不要想妳的父母，妳自己想怎麼做？」夏蟬握緊歐芊華的手。

「我……我還想念大學，有機會也想出國……我不想要小孩，至少現在不想……」歐芊華哭了起來，「就算我男友說願意跟我結婚，要我生下小孩，我也……我也不想……我這樣是不是壞媽媽？只爲自己想？」

「沒有好或壞，就只是妳的選擇，況且這或許是妳現階段最好的選擇。」

歐芊華在婦產科門口放聲哭泣，夏蟬抱住了她，輕拍她的背。

夏蟬最後決定暫時不告訴歐芊華她男友已婚的事，既然懷孕了，後續的一切，她自然會面臨。

一個禮拜後，夏蟬收到了歐芊華的訊息，她說自己週末要接受流產手術，沒有辦法去園遊會看夏蟬與blindness的演出，她覺得很抱歉。

夏蟬立刻打了電話給歐芊華，對方接起來的聲音卻意外地平淡。

歐芊華苦笑，「我爸媽差點發瘋，但他們同時也很理性，畢竟事情已經發生了，他們問我男生是誰，我都坦白了。然後我爸媽就去找了我男友……現在應該稱呼他爲前男友了。他居然結婚了，那個瞬間，我覺得自己好傻、好笨喔。

「結果他老婆也懷孕了，雙喜臨門耶！哈哈……不一樣的是，他們決定生下，而我決定打掉，不是因爲他結婚，是因爲我自己的人生……

「我好像忽然看清楚了，我雖然很難過，覺得被騙，也覺得對不起小孩，但是……我看清楚了對我來說，現階段更重要的是什麼。」

歐芊華平靜地述說，在這短短幾個禮拜內，她瞬間長大了。

「有什麼需要幫忙的話，我都在這裡。」

「謝謝妳，夏蟬。」歐芊華在電話那頭吸了吸鼻子，「妳肯定比我聰明，不會像我這樣亂糟糟的。」

「妳不是亂糟糟，妳只是比我們體驗了更多事情。」夏蟬堅定地說。

「我能去補習班遇到妳，眞是太好了。」歐芊華破涕爲笑，結束了這通電話。

掛斷電話以後，夏蟬有個預感，或許這是她最後一次和歐芊華通話，可能要很久很久以後才能再見到她了。

✦

園遊會到來前，夏蟬與blindness一同練習了好幾次，她和赫泓的配合度非常好，幾乎隨時都準備好可以上場，所以也不需要經過太多次的練習。

絕佳的契合度讓兩人的感情極速升溫，送夏蟬回家變成了赫泓的日常，他們時常漫步在夜晚的街道，感受著涼風以及彼此。

「妳朋友現在怎麼樣了？」

「我沒有特意詢問她，我想她狀況好的時候自然就會跟我聯絡。」不打擾有時候是最好的關懷，所以夏蟬願意等待。

「沒想到最後會是這樣的結果，我們去那趟喜宴變得沒有意義了。」

「我原本也是這樣想，可是後來又覺得去那一趟，如果能讓那個渣渣心神不寧幾個禮拜，也算值得了。」

「也是。」赫泓看向夏蟬，「況且也是那一趟，讓我看到不同打扮的妳。」

赫泓溫柔的眼神讓夏蟬的心彷彿有羽毛滑過般搔癢難耐，她感覺得到赫泓對自己特別溫柔，她不想自作多情，覺得赫泓也喜歡她。可是至少能確定，自己對赫泓來說是特別的存在吧？

「那、那你之前說，在找妹妹的那件事情怎麼樣了呢？」

赫泓當然注意到夏蟬因爲害羞才轉移話題，不過沒關係，赫泓不著急。夏蟬才十七歲，還是未成年的女孩，他會耐心等到她十八歲，才與她發展感情。

不過，感情眞的有辦法這樣理性地控制嗎？這點連赫泓自己都無法確定。

「我回去找過當時育幼院的資料，但是年代久遠，資料都遺失了，加上之前服務的人員多半也都離職了，基本上等於沒有線索。」車子從一旁呼嘯而過，赫泓主動換到靠車道的位置

這樣的舉動讓夏蟬感到無比暖心，心跳又更快了，她可以感覺到自己對赫泓的感情就像裝滿水的杯子，再多一滴水就要潰堤。

「你放棄找她了嗎？」

「嗯，不找了。」赫泓看向夏蟬的側臉，只有她的五官如此清晰，「老實說，我曾懷疑……妳會不會是我的妹妹。」

夏蟬立刻看向赫泓，一臉驚訝。

「爲什麼？」

「因爲我看得見妳的臉。」赫泓望著夏蟬皺起的眉毛與瞪大的眼睛。

「看得見我的臉？什麼意思？」

「字面上的意思。」赫泓又笑了，或許再過一段時間，他會告訴她吧，「總之，我後來希望妳不是我妹妹。如果我妹妹眞的跟我還有緣分，未來自然會找到彼此。」

「我後來希望妳不是我妹妹。」

夏蟬細細咀嚼這句話背後的意思，是否和自己想的一樣，是因爲喜歡呢？

「我不會是你的妹妹，我是我爸媽親生的小孩，我確認過戶口名簿了。」夏蟬給了赫泓這樣的保證，認眞的模樣像要赴戰場一般。

「哈哈！」赫泓笑了，伸手輕揉著夏蟬的頭，「不是我妹妹眞是太好了。」

夏蟬紅著臉，赫泓以爲她又要逃避了，但她卻抓住了自己的衣袖，這讓他有些訝異。

「那個……等園遊會表演結束以後，我有話想跟你說。」她紅著臉，身體微微顫抖著。

見到她這樣的表情，赫泓也能猜出夏蟬想說什麼。

就不能再等等嗎？等到十八歲以後，或是等到考試結束以後，到時候由他來告白。

若夏蟬先告白的話，他該怎麼辦？要她等到十八歲嗎？

互相喜歡，爲什麼還要等？

況且他們的關係並不是師生，年齡差距也不大，好像沒什麼理由一定要等到成年。

可是……還是得拒絕才行，要她先專心準備考試，等成年後，換他來告訴她自己的心意。

嗯，就這樣回答。

「好。」

結果他說出口的話卻跟內心想的不同，這就叫作身體卻很誠實嗎？

但當赫泓看見最美的笑容在夏蟬臉上綻開時，他覺得一切的原則都可以拋到九霄雲外了。

他只想再多見到幾次這樣的笑容，希望這個笑容就在他的身邊。

✦

相較於社團成果發表會，園遊會的準備單位則是以班級爲主，看每班想準備什麼樣的活動或是主題。校方也會安排許多表演，像是blindness的演唱會，或是很受歡迎的作者——朱盈的演講活動等，讓學生們都很期待。

董炎成在知道blindness被邀請來表演時，第一時間就告訴夏蟬，還說可以幫忙搶票。

然而夏蟬只是微笑著對他說：「讓我回報你，這次你不需要搶票。」

接著便把兩張票給了董炎成，這讓他摸不著頭緒。

「怎麼回事，妳自己搶到了？」

「那天會有個大驚喜喔！」夏蟬神祕兮兮地預告。

當然，夏蟬也給了爸媽票，讓他們過來觀賞。

「這給你。」她將票交給了眼前的帥氣男孩，還不忘眨了眨眼。

「這是什麼？」紀青岑皺了眉頭。

「blindness的票，只給你兩張，讓你這次可以搶先北野晴海！」夏蟬說道。

「哈，我和他之間可不能搶先什麼喔。」紀青岑笑了，還是接過了票，「我和晴海應該都沒有興趣，這兩張我都會給雨菡。」

「欸，不可以啦！你要來看。」夏蟬忍不住先行破梗，「因爲我會上台喔。」

「妳？」紀青岑瞪大眼睛，「爲什麼？」

「誰叫你在話劇社成發時不來看。總之，因爲我唱歌很好聽，被邀請當blindness的特別嘉賓，所以你必須來看啦。」夏蟬多拿出了一張票，「三張，這樣可以了吧！」

「還眞是想不到。」紀青岑挑眉，「所以妳之前說喜歡赫泓那種類型的話，不是開玩笑嘍？是眞正的喜歡。」

夏蟬抿了抿嘴，露出了憨憨的笑容，「嘿嘿，我這樣會不會很笨？」

「怎麼說？」

「喜歡上一個距離很遠的人啊；喜歡一個可能隨時會出道變成明星的人啊。」

「有什麼好笨的？」紀青岑正色，「像我和晴海這樣，我也不覺得傻。」

「哈哈哈，好喜歡跟你聊天。」夏蟬笑著，「其實，我覺得他也喜歡我。」

「那很好啊，祝妳戀情順利。」紀青岑看著自己手中的三張票，「我們會去看的。」

「沒問題，敬請期待！」夏蟬比了讚，接著拿起正在響的手機，她的爸媽已經來到學校了。

「小蟬，我們直接過去舞台就可以了嗎？」

「你們在哪裡？我過去帶你們。」

「不用了，我們已經看到舞台了，妳慢慢來，好好準備，我們就在下面。」爸爸的聲音也從電話那頭傳來。

「加油喔！小蟬，我們以妳爲榮。」媽媽如此說。

「謝謝爸媽，我們等等見。」

夏蟬覺得最近的一切都十分美好，媽媽從一直不想讓她接觸歌唱，到現在會支持她唱歌。而且自己和赫泓的感情也大躍進，這讓她覺得自己實在是太幸運了。

所以她才會忘記，人生並不會永遠幸運與快樂這個眞理吧。

第九章

「接下來，就是大家引頸期盼的blindness的表演啦！」

台上的主持人熱情激昂地喊，台下的學生們奮力拍掌，這時候夏蟬在後台有些發抖，赫泓則拍了拍她的肩膀。

「不用緊張，就像平常一樣就好。」

「說得輕鬆啊，平常下面可沒這麼多人耶……」夏蟬想用開玩笑的方式帶過，然而聲音卻抖到不行。

「我第一次上台的時候也很緊張。不過神奇的是，握住麥克風後，一切的塵囂紛擾彷彿都會瞬間遠離，我想妳也有這樣的感覺吧？」

「是沒錯……」

「況且妳在話劇社不是也時常表演？這樣的小場面妳應該早就見識過了。」

「兩者完全是不同等級呀！你聽聽看外面的尖叫聲。」夏蟬瞪大眼睛，話劇社表演前可不會有這麼誇張的尖叫啊。

她等等可是要站在有blindness的舞台上，而且下面都是blindness的歌迷，她代表的可是blindness的眼光……天喔，這樣一想，她開始害怕了。

「怎麼感覺妳好像抖得更厲害了？」

「我也覺得，要是我忘詞或是走音該怎麼辦？」她表演前信誓旦旦，還找了一堆自己的朋友，等等如果出包，不只自己糗，還會毀了blindness的表演。

「我知道一個魔法，可以讓妳不緊張。」赫泓道。

「什麼魔法？手掌心寫字嗎？」

「不是。」赫泓左右看了一下，確認磚頭等人都不在，忽然俯下頭，親吻了夏蟬的嘴。

準確來說，是在嘴與嘴角間，那是個很微妙的位置，彷彿是個吻，卻又不算是個吻。

夏蟬愣住，直勾勾地盯著赫泓，這模樣反而讓赫泓害羞了起來，他往後退了一點。

「這……是什麼意思？」夏蟬愣愣地問。

「讓妳不緊張的魔法。」赫泓給了個爛答案，他也不知道自己爲什麼會這麼做，明明說好要忍到十八歲，可是現在……

「那你就應該吻在對的地方！」夏蟬說完，抓住了赫泓的衣領，湊上了他的唇。

兩人的嘴唇交疊密合，碰撞的體溫與氣息讓他們的情感展露無遺。

「這樣子才是不緊張的魔法。」夏蟬通紅著臉，還耍帥擦了一下嘴唇。

夏蟬如此大膽，卻又面紅耳赤、渾身發抖的模樣，讓愣住的赫泓笑了出來。

「眞是服了妳，我原本想等到妳高中畢業。」

「爲什麼要等我高中畢業？你又不是我的老師。」夏蟬揉了揉發燙的雙頰。

「也是，可能是我自己的原則吧。」赫泓聳肩，「既然如此，就不用等了。」

這次，赫泓攬過了夏蟬的腰，然後準確地吻上她說的位置。他張嘴，輕輕撬開她的唇，舌尖在唇齒間游移，不是深吻，卻也不是夏蟬可以承受的吻。

「嗯……」夏蟬發出了呻吟，覺得呼吸困難。

「欸，我們該……靠北喔！」磚頭拿著貝斯走了過來，卻撞見兩人正在親吻，嚇得忍不住罵出髒話。

聞聲，夏蟬趕緊推開了赫泓，雙手捂住臉。

「要上台了嗎？」赫泓倒是老神在在，回頭看著磚頭。

「對……對對對！要上台了！」磚頭怪叫，「眞是的，我早就預料到了！」

「怎麼回事啊？」閃耀也跟著走了過來。

「沒事沒事，快點上台了。」磚頭搖頭，推著閃耀離開。

赫泓笑著，回頭看向害羞到想找地洞鑽的夏蟬，抓起她的手腕，「走吧，妳現在不緊張了吧？」

「換成另一種緊張了。」夏蟬哼了聲，看著赫泓的手，「所以我們現在是……兩情相悅？」

「不夠明顯嗎？」赫泓微笑，「我們先表演好這首歌吧，屬於我們的第一首歌。」

「我一直想問……這首歌是不是改編自主題是夏日之蟬的那首歌？」

赫泓挑了眉，「連磚頭他們都沒發現，妳是怎麼發現的？」

「果然！雖然歌曲和歌詞都不一樣，可是總有幾個音……聽起來很像當初我第一次聽到那首歌的感覺。」夏蟬紅著臉，「所以這是爲了我而寫的第二首歌嗎？」

夏蟬這麼一說，赫泓才發現自己居然爲了夏蟬創作了兩首歌。

原來，一見鍾情的人是他。

「是啊。」領悟到這點後，他露出了好看的微笑。

或許他能看得見夏蟬的五官，就是所謂的奇蹟，因爲愛而衍生的奇蹟。

台下的觀眾熱烈鼓掌，尖叫聲不絕於耳。

終於，舞台暗了下來，瞬間所有人的情緒沸騰至高點，然後極速的貝斯獨奏響起，再來是鼓聲的加入，接著是一個高亢的女高音。

台下所有人瞬間愣住，怎麼會有女生的聲音？

聚光燈猛地打在夏蟬的身上，她閉起眼睛，唱出高昂的音調。

這時候，除了自己的聲音以外，她感受不到任何事物，她沒感覺到燈光，也沒聽到其他人聲。彷彿在一片漆黑之中，只有她自己與迴盪的聲音，她甚至不能確認那到底是不是她唱出的歌聲。

接著，一個溫柔的男人嗓音流入她的世界，讓漆黑的空間滑過閃著光芒的水流，從水流的兩側延伸出滿地的花海，這個空間瞬間明亮了起來。

赫泓站在那裡，對夏蟬伸出手，她高歌，覺得自己的聲音像是夏日的蟬聲，環繞在這個她創造出來的世界。

她在幽暗又漆黑的地底待上了好幾年，離開了地底，依舊漫無目的地歌唱，找不到意義與原因。

然而此刻，她終於知道她啼鳴的目的，就是爲了赫泓。

他，就是她的第八日。

「我的天啊，夏蟬妳居然……偷偷來啊！什麼時候和blindness一起唱歌了！雖然很不甘心，可是比起跟我，妳和赫泓合唱的聲音真的絕美，我聽到哭了。感謝上蒼讓我聽到這樣的天籟之音。」董炎成邊哭邊激動地說。

「妳好猛啊，夏蟬。」蘇雨菡也用力鼓掌。

「還可以嘍。」紀青岑聳肩，北野晴海倒是沒什麼感想。

她邀請的人都來了，但是爸媽卻不見了。

明明在離開舞台前，她還有看見爸媽就坐在第一排，他們手裡拿著花，應該會像社團成發那時一樣過來獻花才對，怎麼就消失了？

而且剛才看見爸媽的臉色似乎不是很好，難道是身體不舒服嗎？

夏蟬立刻撥了電話給他們，可是沒人接聽，甚至連訊息也沒有已讀，這讓夏蟬有些緊張。

台上的表演還在持續，夏蟬身爲嘉賓，只會出現一首歌的時間，但足以讓她在學校引起一場旋風。

「社長，妳眞的好厲害啊！」話劇社的社員衝了過來，爭先恐後地想與夏蟬合照。

「你們專心看表演啦！」儘管夏蟬這麼說，還是和他們合照起來。

場面有些混亂，夏蟬分了心，便忘記了爸媽消失的事情。

blindness表演結束後，赫泓傳了訊息要夏蟬先享受校園生活，他會再與她聯繫。這才讓夏蟬注意到手機裡還躺著另一封訊息，是爸爸要她結束後就直接回家。

於是園遊會落幕後，夏蟬便直接返家，沒和班上同學聚餐。她的內心不知道爲什麼有些不安，總覺得風雨欲來。

難道是自己的表演不好嗎？還是說爸媽怕她以後加入blindness，不顧課業？又或是他們從自己在台上的表現，發現她和赫泓談戀愛了呢？

爸媽是會禁止她高中談戀愛的那種父母嗎？夏蟬完全沒有想過這點。

於是她戰戰兢兢地回到家，發現爸媽都坐在客廳。他們雖然開著電視，可是注意力卻都沒有在電視上，當夏蟬一開門時，他們馬上就跳了起來。

「小蟬，妳回來了。」媽媽的聲音顫抖，那模樣似乎還哭過了。

「我回來了。爸、媽，你們怎麼了嗎？爲什麼沒有跟我說一聲就先回家了？」夏蟬把書包放在一旁，「還是誰不舒服嗎？都沒接電話，我很擔心耶。」

「沒有、沒事……」媽媽看了爸爸一眼，皺緊了眉頭，「今天和妳一起表演的那個……就是什麼blindness樂團……」

「我們表演得怎麼樣，我唱得還好吧？」夏蟬亮起眼睛，想聽見父母的稱讚。

然而媽媽皺緊眉頭，「我聽見主持人在介紹團員的時候說……那個紅色頭髮的主唱……叫赫泓是嗎？」

「是啊！還有閃耀、章魚跟磚頭。磚頭你們已經見過了，就是樂團的團長，由他負責代表blindness，徵求你們答應讓我跟他們表演那首歌。」

「小蟬……妳以後不會再跟blindness見面了吧？」

爸爸的話讓夏蟬不解，「我和他們是朋友，還是會見面。」

「妳跟他們只是朋友關係嗎？你對他們了解多少？他們有……不對，應該說赫泓，妳和赫泓很熟嗎？他有說過什麼嗎？」爸爸的針對讓夏蟬覺得很不尋常，一直以來都是爸爸比較冷靜，爲什麼今天他會這樣？

難道他們眞的發現自己正在跟赫泓交往，所以不同意嗎？

爲什麼呢？是因爲自己還是高中生，還是他們覺得赫泓看起來不正經，怕她被騙？

無論想到哪一種可能，夏蟬都無法說出口，在確定爸媽到底在想什麼以前，她還是先順著他們的話比較好。

「我跟赫泓他們只是因爲這次的表演才會比較常見面跟聯絡，之後就不會了吧。」夏蟬昧著良心。

「原來是這樣……」爸媽明顯鬆一口氣的表情，夏蟬沒有錯過。

「這樣就好，那妳快去整理一下，我們去外面吃飯吧，慶祝妳今天的演出很成功。」媽媽終於笑了。

「好，我換一件衣服。」夏蟬立刻回房間，她覺得身體有些顫抖，她覺得自己一定得先搞清楚爸媽在想什麼才行……

一家人外出吃完晚餐回來後，夏蟬假裝自己覺得累了，便要去洗澡。

她進到浴室後打開蓮蓬頭，稍微計算了一下時間後，偷偷打開浴室的門，發現電視雖然開著，可是爸媽並不在客廳。

她躡手躡腳地來到了他們房間的門口，房門雖然緊閉，然而將耳朵貼在門上，還是可以聽見裡頭說話的聲音。

「這是怎麼回事，爲什麼赫泓和小蟬會見面？他們聯絡多久了？是因爲這樣小蟬才會開始唱歌嗎？」

是媽媽焦急的聲音。

「妳小聲一點，不要讓小蟬聽見了。我看小蟬不太像知道的樣子，妳不要自亂陣腳……況且我們不是早就做好心理準備，這一天遲早會來嗎？」

這是爸爸難得失了方寸的聲音。

「但我們預設是小蟬大學畢業以後才告訴她！不然好歹也、也二十歲，不是現在，現在太早了！」媽媽的聲音哽咽。

「或許小蟬不會在意，現在都什麼時代了，或許我們可以考慮提早告訴她……」

「不！我不要現在就告訴她，她是我的女兒啊……」

「她是赫閔和杜凜的女兒，我們決定養她的時候，明明說好了不會讓赫閔和杜凜消失在她的記憶中，可是我們做了什麼？我們讓她親生父母消失在她生命中十七年！」

夏蟬在門外捂住了嘴，她聽到了什麼？

「我、我們當時也決定領養赫泓，可是赫泓拒絕了……小蟬又這麼可愛……我、我的確起了私心，養育小蟬的過程，越來越希望她是我真正的女兒，我多希望她是我懷胎十月生下的孩子！」媽媽崩潰地哭泣。

「我們改了小蟬的本名，拒絕赫泓長大後的找尋，我們早就做錯了……他們兄妹在命運的安排下重新見面，我們也應該要……承認這些事情。」爸爸的聲音逐漸微弱。

夏蟬顫抖著跑回浴室裡，她穿著衣服，站在水流底下，水不斷沖刷她全身。

赫泓一直在尋找的妹妹，就是自己嗎？

這種狗血的劇情發生在她身上，爲什麼偏偏是自己？

她明明看過戶口名簿啊！她確認自己是爸媽的女兒啊！戶口名簿會騙人嗎？

一定是搞錯了，雖然赫泓這名字不常見，但是說不定……眞的就是搞錯了，她不相信全國沒有另一個名叫赫泓的男人。

夏蟬把衣服脫掉，然後快速洗了澡後，把淋濕的衣服丟到洗衣機裡面，裝作沒事一樣地和爸媽聊天、吃水果。

他們的臉上雖然有些微哭泣的痕跡，不過大人總是很會隱藏眞實的心情。媽媽依舊與夏蟬話家常，爸爸也滑著手機，說著網路上看見的新聞……都是再平常不過的話題。

夏蟬也微笑著，說著歐芊華退了補習班，好像請了家教之類的謊話，又說了董炎成最近爲了要定心準備考試，似乎準備把頭髮染回黑色等胡言亂語。

總之，夏蟬隨口說了一些事情，就是不提blindness。

直到夜深了，全家都睡去以後，夏蟬才從床上爬起來，確定父母房間安靜得毫無聲響，她悄悄來到書房，尋找放有戶籍謄本的資料夾。

她上網查了一下，才知道原來戶口名簿可以簡化，可戶籍謄本不行。也就是說，如果她眞的是領養的孩子，在戶口名簿上，這點是可以被隱藏的，戶籍謄本則會有詳細資料。

當她終於找到戶籍謄本時，應驗了父母稍早在房內說的話，裡頭清楚寫著夏蟬的親生父母，以及她原本的名字——赫澄。

她眞的是赫泓的親生妹妹。

即便在此之前她說服自己，全台灣不會只有一個叫赫泓的男人，但那個也叫赫泓的男人，剛好也和這個赫泓同年齡的機率又有多高？

要是她早一點知道戶籍謄本上的才是詳細資訊的話，當時的自己就不會喜歡上赫泓……眞的是這樣嗎？

如果喜歡上一個人都是命中注定的話，即便在她知道赫泓是哥哥的前提之下，她是不是還是會喜歡上赫泓？

血緣有時候是很模糊的東西，大家都說養父母的恩情大過親生父母，那不就表示相處比血緣更加重要？

若她早就知道赫泓是她的親生哥哥，在沒有從小一起長大的相處情分之下，赫泓對她來講就只是個陌生的男人。她憧憬他的歌聲，所以她還是會喜歡上他，對吧？

所以夏蟬會不會喜歡上赫泓這件事情，跟知道赫泓是親哥哥的時機點，並沒有什麼太大的關係。

但是赫泓呢？他們今天才確認彼此的情意，他們才剛在一起，如果他知道自己就是他一直在找的妹妹會怎麼樣？

赫泓曾說過，原本想等自己十八歲時才告白，如果他是會在意這種事的人，當他知道自己是親生妹妹的時候，會不會把她推開？

夏蟬咬著下唇，對於自己和赫泓的血緣關係，到現在還沒有真實感。

她將戶籍謄本放回原處，回到房間後躺在床上，眼眶發熱，久久無法入眠。

✦

暑假到來，夏蟬補習的時數變多了，她在念書上還算得心應手，她希望可以考上和赫泓一樣的M大。神奇的是，赫泓明明在玩音樂，卻就讀法律系。

與此同時，赫泓也帶了潘呈娜這位他在學校唯一的好朋友與夏蟬認識。

夏蟬原先聽見潘呈娜是女生的時候，還擔心赫泓與她會不會有什麼曖昧情愫，可是當她看見潘呈娜時，覺得有些眼熟。

「啊，是照片裡面的人！」她忽然想起去年曾在攝影社看過的合照。那是攝影社社長展出的照片，畫面中她與一個女孩露出笑容，作品名稱是「相約於未來」。印象中那張照片的戀人感濃厚，不過夏蟬當時的注意力都在北野晴海、蘇雨菡與紀青岑的三人合照上。

此刻見到潘呈娜，那份記憶再次湧上，所以她也直接問出潘呈娜與攝影社當時的社長是什麼關係。

潘呈娜大方承認，表示她們是戀人但是目前暫時分手的狀態。

「原來是這樣……」夏蟬豁然開朗，現在同性之愛已不再是禁忌，但不可否認對某些家庭來說，這依舊是個跨不去的坎。

嗯……然而再怎麼樣，也沒有親生兄妹來得禁忌吧。

是的，夏蟬還是隱瞞著赫泓自己就是他親妹妹這件事情。

她大概能猜到赫泓知道後會有什麼反應，或許一開始會先說要去驗DNA之類的話，後續赫泓一定會馬上斷絕與她的戀愛關係，變成兄妹……或是就不聯絡。

可是只要不告訴赫泓，這樣子夏蟬還可以逃避著這個事實，假裝有一絲可能，其實他們並不是親兄妹。

況且，誰知道他們能交往多長時間，甚至有可能根本不會走到最後，那是不是兄妹有差嗎？就算眞的走到最後，現在也很多人選擇不生孩子，是不是兄妹也沒關係吧？

她的內心充斥許多藉口與理由，來正當化自己的行爲與戀情。

「夏蟬，妳知道赫泓打聽過妳嗎？」潘呈娜的手放在下巴，打趣地爆料。

「潘呈娜，妳很無聊。」赫泓送她一記冷眼。

「又沒關係，反正你們都在一起了。」潘呈娜笑著，說起這段小八卦。

夏蟬聽得津津有味，這下才知道赫泓從哪裡得到自己的聯絡方式。

「所以你對我……一見鍾情嗎？」夏蟬看著赫泓。

赫泓雙手交疊在胸前，然後輕輕點了一下頭。

「哎呀！眞是太甜蜜了，我都要害羞了。」潘呈娜吃了一口桌上的巧克力蛋糕，「比這個還甜啊。」

「妳那是黑巧克力，能有多甜？」赫泓吐槽。

「黑巧克力也可以很甜呀。」潘呈娜不認同，「夏蟬，赫泓感覺是個很沒情調的男生喔，和他在一起可能要三思。」

「謹記在心。」夏蟬笑了起來。

「對了，聽說妳也想考M大？妳在學成績怎麼樣？」

「還可以，我想保持水準，再更努力一點就可以了。」夏蟬說得謙虛，赫泓倒是不擔心。

「青海的水準一向都不錯，應該不會有問題。」潘呈娜聳肩，吃完了巧克力蛋糕後拿起包包，「我下午還有事，就先走了，不打擾你們約會啦。」

「呈娜姊，謝謝妳。」夏蟬跟著起身，對她道謝。

「謝什麼？」潘呈娜不懂了，這餐她也沒有要請客啊。

「謝謝妳今天和我說了很多赫泓的事，也謝謝妳當初幫他打聽我，我們今天才可以這樣……交往。」夏蟬說得害羞。

「哈哈，不客氣啦！有緣的話，怎麼樣都會走到一起。」潘呈娜對她揮手，「不過話說回來，妳叫他赫泓，卻叫我呈娜姊，這樣感覺很奇怪，叫我呈娜就好。」

「好的，呈娜。」

潘呈娜豪爽地比了個讚，然後離開了咖啡廳。

赫泓有些抱歉地看著夏蟬，「她很吵吧？」

「我覺得她很有女性魅力，也很果斷，希望我以後也能向她看齊。」

「要經過很多優柔寡斷，才有可能變成果斷的人，所以不用羨慕她。」赫泓聳肩，把潘呈娜吃完的東西移到桌邊。

「對了，我可以問你一件事情嗎？」夏蟬小心翼翼，「你上次說不找你妹妹了，這是眞的嗎？」

「嗯，我不是說了，有緣的話自然會見面。這件事情也是跟潘呈娜學的，不需要執著於現在，她和女友相約在未來，我也可以跟我的妹妹各自過好自己的人生，這樣對我們的父母來說最好吧？」

「這樣說也對。」夏蟬笑了下，只要他們過得好，親生父母在天之靈也會感到安慰吧。

「怎麼忽然問到我妹妹？」

「因爲我想說你幫了我這麼多，我卻沒有幫你找到妹妹，有點過意不去。」

「不會，妳不需要特別爲我做任何事情。」赫泓將自己蛋糕上頭的草莓放到了夏蟬的盤子裡，「妳只要在我身邊就好。」

夏蟬覺得心裡癢癢的，同時也有一點點罪惡感。

「關於妳剛才所說的，是不是對妳一見鍾情，我也是最近才發現這件事。」

夏蟬嚥了一口口水，聚精會神地聆聽。

「我對妳一見鍾情，我覺得是命運的安排，有件事情我必須告訴妳，除了磚頭他們幾個人之外，沒人知道。」赫泓停頓了一下，「還有醫生知道。」

「醫生？」夏蟬一愣。

「這必須從我小時候說起……」赫泓把因爲自己任性造成的車禍，以及看見慘狀而引起臉盲症的事情全告訴了夏蟬，也坦白了他因爲罪惡感才不和妹妹一起生活，直到近日才開始想找尋妹妹。

「在我的世界裡，只有我的家人還有妳的臉是清楚的，所以我認爲這一切都是命中注定。」赫泓握住了夏蟬的手，「我注定遇見妳，愛上妳。」

命中注定，必須兩人相互扶持。

夏蟬掉下了眼淚，「命中注定」，多美好的四個字。

「我也覺得這是命中注定。」她擠出一個微笑，明白了赫泓的內心。

只看得見家人的臉，而她的臉如此清晰，這不就代表她是他妹妹的證明嗎？

然而赫泓卻把這當作是命中注定，不做更多查證，是不是表示他跟夏蟬一樣，也想逃避現實，繼續維持他們兩人的愛情？

夏蟬在內心發誓，她不會說的，她這輩子都不會把自己是赫泓的親妹妹這件事情說出來。

她只要裝傻，平平穩穩地度過就好。

他們在戶籍上根本沒有關係，所以……沒問題的。

「我想，一定是你的父母還有妹妹把我送到你身邊，要與你相伴。」

「我想也是。」赫泓笑了，把草莓放到了夏蟬的口中。

草莓，代表著吻痕、烙印。

他，將自己烙印到了她的身上，永遠不會分開。

第十章

說到赫閔和杜凜兩個人，他們是當時新出道的男女歌唱團體，歌聲非常好聽，演出時總是能讓人如痴如醉。

一開始，他們只在駐唱餐廳表演，後來逐漸累積一群忠實聽眾，他們的歌聲被稱作有療癒效果，聽著就能撫平內心的傷痛與不安。

星探很快注意到了這對年輕的男女，並希望他們能夠簽約成爲旗下藝人，成爲公司主打的治癒系情歌團體。

兩人當然對這樣的發展非常高興，畢竟只靠駐唱實在無法應付現實生活的開銷。

不過就在發片前，杜凜發現肚子裡面有了小生命——那就是赫泓。

所以他們延後了發片時間，直到赫泓一歲以後，兩個人的名氣開始高漲，他們的生活有了巨大的改變，在街上隨時都可以聽見他們的歌聲與音樂。

名氣與金錢湧入，這讓赫閔和杜凜嚐到了成名的滋味，不過這並沒有讓他們失去方向，他們依舊創作自己喜歡的音樂，唱著自己喜歡的歌。一如最初，他們的聲音療癒著所有人的心。

很快，他們有了第二胎——赫澄，也就是夏蟬。

他們曾度過一家四口的幸福時光，然而好景不長，全家遭遇重大車禍。這件事情上遍了新聞媒體，赫閔和杜凜當場死亡，他們的一雙兒女瞬間成爲孤兒。

赫閔和杜凜沒有任何親戚，性格比較獨來獨往，所以也沒有要好的朋友。

這時，唯一和他們較有往來的朋友，就是夏氏夫妻，他們二話不說，願意收養赫泓與赫澄。

有些人說他們是貪圖兄妹倆將會繼承的龐大遺產，但這個說法很快就不攻自破。因爲赫閔和杜凜的遺產規畫早就由律師處理好，全數交給了信託，大半部分捐給慈善機構，另一半則是等赫泓與赫澄二十五歲時，交付給他們。

可是當時的赫泓陷入罪惡感中，赫澄的年紀又太小，儘管夏氏夫妻願意收養兩人，赫泓卻在離開醫院後，自己到了育幼院，不願被收養。

隨著時間流逝，赫泓的行蹤消失了，多年後，大約是赫泓高三那年，他請育幼院找尋當時收養赫澄的家庭，透過他們聯繫夏氏夫妻。

然而那個時候，夏氏夫妻早就把夏蟬當成自己的女兒了。

夏家媽媽多年來一直想要有個孩子，可是用盡方式，連試管也做了五次，都沒有成功。就在他們即將放棄時，赫澄出現了，成爲了他們的夏蟬。

所以他們害怕赫泓出現會改變他們現在幸福美滿的家庭，於是他們拒絕了赫泓的聯繫。但是他們透過育幼院，用匿名的方式定期贊助赫泓生活費，這件事情赫泓當然不知道。

後來赫泓與朋友創立了樂團，然後命運安排他遇見了夏蟬。接著他們互相被彼此的歌聲吸引，就像當初的赫閔和杜凜一樣，於是他們戀愛，順理成章地發展成戀人。

到這裡爲止，大家都知道了。

然而大家不知道的是，在青海園遊會當天，夏氏夫妻並不是先回家了，而是在舞台的另一邊等著。

當夏蟬已經與朋友們去逛園遊會的時候，夏氏夫妻見到了赫泓。

「赫泓……」夏媽媽一見到他，什麼話都還沒說，已經先掉下眼淚。

赫泓一愣，回頭對磚頭幾人打了聲招呼，表示今天先原地解散，然後跟著夏氏夫妻離開了青海高中，前往他曾帶夏蟬去過的咖啡廳。

「你長大了。」夏爸爸感嘆。

聞言，赫泓似乎明白了他們是誰，「會這樣說話……你們是收養我妹妹的夫妻嗎？」

「對……我們就是收養赫澄的家庭，是你媽媽杜凜的朋友。我們當初也要收養你，但是你……」

「我拒絕了，因爲罪惡感，所以我並沒有怪你們，謝謝你們這些年撫養我妹妹。」赫泓恭敬地敬禮。

夏爸爸趕緊要他別客氣，「不要這麼說，你曾經找過我們，可是我們……對不起……」

「我能理解，因爲你們太疼愛赫澄，所以怕我帶走她。我也想過不要破壞赫澄現在的家庭，她並不知道有我這個哥哥的存在，對吧？」

「是……我們原本沒打算隱瞞的，然而時間越久，我們越說不出口，我們……」

夏媽媽捂住自己的臉，肩膀不斷顫抖，「眞的對不起。」

「沒關係，只要知道妹妹她過得開心就好。」赫泓頓了頓，「我其實不一定要跟妹妹相認，也不需要知道妹妹是誰。」

這讓夏氏夫妻瞪大眼睛，「爲什麼？你不是在找妹妹嗎？」

「經過這麼多年，我也明白了一些事，如果妹妹一直都不知道我的存在，那我也沒必要一定得相認。只要她健康開心，我也就滿足了。」赫泓頓了一下，「我想我們的爸媽一定也這樣希望。」

夏氏夫妻對看一眼，又不可思議地望向赫泓，「她是你唯一的親人，你眞的不……我們是打算在她年紀更大一點時告訴她眞相……」

「永遠不告訴她也沒關係，有些事情不要知道眞相比較好。」赫泓眞誠地說，只要眼前這對夫妻把妹妹照顧得很好就可以了。

「這樣眞的可以嗎？你能夠接受？」

「我對於妹妹一直有些罪惡感，是我害她沒有父母。她遇到了你們，而我這個她生命中最大的禍害也不存在，這樣子或許更好。」赫泓扯動嘴角一笑，「我知道大家會說不是我的錯、說我當時還小，到了我現在這個年紀，我也理解這個道理了，不過我必須繼續這樣想，才有前進的動力。」

「赫泓，你……」

「謝謝你們還特意過來找我，如今我知道要去哪裡找妹妹，對我來說踏實很多。」赫泓再次恭敬地鞠躬，「那我就先離開了。」

赫泓離開後，夏氏夫妻的心卻沒有比較放鬆，他們回到家後，趁著夏蟬洗澡，忍不住在房間討論。

「我們改了小蟬的本名，拒絕赫泓長大後的找尋，我們早就做錯了……他們兄妹在命運的安排下重新見面，我們也應該要……承認這些事情。」

「但是老公，赫泓說不需要告訴小蟬啊！」媽媽抓緊了爸爸的手，「所以我們可以繼續讓小蟬當我們的女兒，不要讓她知道……」

「老婆！妳覺得赫泓說的是真心話嗎？他不會哪天忽然又想找小蟬了嗎？讓小蟬從他嘴裡聽見真相真的好嗎？不如我們先告訴她！」

「可是赫泓說了，他對小蟬有罪惡感，他不會……」

「要是有一天他的罪惡感消除了，想找妹妹了呢？他現在才二十歲，嚴格說起來也還是個孩子，他的想法是會改變的！」

「不，我還不想告訴小蟬，等到赫泓真的想要找小蟬的時候，我再告訴小蟬。」

「這樣不是長久之計啊……」

儘管他們的討論沒有結果，至少有個暫時的共識，便是暫時隱瞞夏蟬這件事情。

而赫泓在與夏氏夫妻見面之後，撥了一通電話給潘呈娜。

「最近有空嗎？介紹我女朋友給妳認識。」

「老天喔，不會是那個夏蟬吧？」潘呈娜興奮無比，「結果你還是跟未成年搞在一起啊！」

「用『搞』這個字太難聽了吧，其他的事情我會等她成年後再說。」赫泓搖頭笑著，「她很清純，妳不要嚇到人家了。」

「講得我好像很齷齪一樣，哈哈哈。你要介紹女友，我當然隨時有空啦，很期待見到她本人。」

「嗯，那就約禮拜五吧。」

「可以啊。對了，一直忘記問你，之前你請我跟聯誼那個煩人精打聽的事情，最後怎麼樣了？」

赫泓停下腳步。

幾個月前，潘呈娜曾要赫泓再次假扮她男朋友，好讓她推開因爲聯誼認識的律師業界的朋友。

就在赫泓多問了幾句，關於那位纏人的小律師在哪間事務所工作的時候，驚訝地發現他居然是當初父母委託信託的那家大事務所旗下的公司。

「潘呈娜，幫我一個忙。」他要潘呈娜拜託那個纏人小律師，看他有沒有辦法透過當初信託的資料，找到妹妹現在在哪裡。

想追求潘呈娜的小律師當然義不容辭，雖然這算是遊走在個資法或其他法規的違法邊緣，不過要詢問的人也是信託受益人，所以勉強還可以讓小律師自我催眠這樣沒有問題。

不過，因爲他只是主公司旗下的律師事務所，又只是裡頭的小小律師，要到總公司查詢資料需要一段時間才可以。

赫泓當然沒問題，他都等了二十年，不差這一點時間。

而潘呈娜就頭痛了，這段時間她不停被小律師騷擾，可因爲欠了赫泓人情，所以只能忍耐。

在等待的這段時間，赫泓已經見過夏蟬、和夏蟬吃過一頓飯、聽過夏蟬唱歌，也找了夏蟬來樂團唱歌……

好不容易等到那位無能的小律師終於拿到資料，裡頭有赫澄現在的住家地址。原先赫泓想等園遊會表演結束再去，然而當天下午，他臨時有個空檔，便搭了計程車來到了資料中登記的地址。

他猶豫著要不要按電鈴，但想到自己的唐突或許會毀掉妹妹現在的生活，他就退縮了。

從那天起，他時不時會過來看一下，想著從那扇門走出來的高中生，或許就是他的妹妹。

然而有一天，他看見了夏蟬。

世界上不會有這麼多次的巧合，他只看得見夏蟬的臉，又在這裡見到了夏蟬。

後來，他不再去蹲點，也放棄找妹妹了。

他不知道爲什麼自己忽然有這樣的轉變，應該說，他也不想知道。

反正，他沒有找到妹妹。

「那、那你之前說，在找妹妹的那件事情，怎麼樣了呢？」

夏蟬這麼問的時候，赫泓愣住了。

於是，他說了一個謊。

「我回去找過當時育幼院的資料，但是年代久遠，資料都遺失了，加上之前服務的人員多半也都離職了，基本上等於沒有線索。」

育幼院並不是沒有資料，而是夏氏夫妻選擇不聯絡；他也透過了律師知道了赫澄的地址，只是他沒有去確認。

「那你放棄找她了嗎？」

我沒放棄，只是我看見妳出現在我妹妹居住的那棟樓。赫泓在心中默默回答。

「嗯，我不找了。」赫泓盯著夏蟬的臉。

她跟自己長得像嗎？

好像有點像，又有點像媽媽。

「老實說，我曾懷疑……妳會不會是我的妹妹。」赫泓說著。

「為什麼？」

「因為我看得見妳的臉。」

「看得見我的臉？什麼意思？」

「字面上的意思。」赫泓又笑了，明明是這麼明顯的證據，不是嗎？只看得見家人五官的他，是上天給他的恩賜，讓他能在人海中一眼就找到失散的妹妹。

然而，赫泓把她當作了命中注定。

「總之，我後來希望妳不是我妹妹。如果我妹真的跟我還有緣分，未來自然會找到彼此。」

「我不會是你的妹妹，我是我爸媽親生的小孩，我確認過戶口名簿了。」夏蟬認真地說著，從她的眼中，他看見了與自己一樣的愛火。

其實看戶口名簿沒有用，要看戶籍謄本才行，不過赫泓卻不想提醒夏蟬。

那瞬間他才意識到，原來自己對夏蟬的感情這麼深了。

「哈哈！不是我妹妹真是太好了。」他由衷地這麼說，也真心這麼希望。

之後，在青海的園遊會上，赫泓吻了夏蟬，確定了兩人的關係。

再來就是夏氏夫妻的出現，不過，赫泓已經永遠都不會找尋妹妹了。

與潘呈娜結束聚餐後，赫泓和夏蟬到山上看夜景，夏蟬將頭靠在赫泓的肩膀上，覺得十分幸福。

✦

「或許，妳不要考M大呢？」赫泓開口。

「爲什麼？我想要跟你念一樣的學校。」

「妳考上M大的時候，我已經大四了，頂多可以同校一年。但是大四的課很少，我也不太會去學校了，不如考慮外縣市的大學？」

「外縣市？」

「是啊，這樣子妳可以在外面租房子，我可以去找妳。」赫泓將手搭上夏蟬的肩膀，一邊捲著她的頭髮，「我們打算畢業以後就和經紀公司簽約，到時候如果妳住在外面，我們見面會比較方便。」

「你們確定要簽約了？」

「嗯，當初大家就是決定畢業以後再考慮簽約的事情。我們想趁著年輕試試看，若是沒有吃這行飯的本事，也能提早認清事實。」

「只要有你的歌聲，一定可以的。」夏蟬覺得有些寂寞，「只是如果你變得很紅，我們是不是就很難見面了？」

「現在這個時代，不會有很難見面這種事情了。」赫泓抱住夏蟬，「妳的聲音一定也會引起大家的注意。」

夏蟬嘴角一勾，露出微笑，她對唱歌的確很有興趣，也很喜歡和赫泓一起站在舞台上。

赫泓出道的話，一定很快就會被人發現是赫閔和杜凜的孩子，到時候他們當年的新聞又會被翻出來。若是他們兩個都站在聚光燈下，會不會有一天被不曉得哪來的八卦媒體查到他們是親兄妹呢？

爲了避免這樣的事，夏蟬絕對不會出現在螢光幕前，她喜歡音樂、喜歡演戲，但是她更想跟長長久久地赫泓在一起。

「我對那些才沒有興趣呢，我只想當個平凡的上班族，然後這樣和你在一起。」夏蟬勾起赫泓的手，「你不能走紅以後就嫌棄我，然後不跟我在一起喔。」

「我不會的，不管怎樣，我和妳一輩子都不會分開。」赫泓凝視著夏蟬。

她閉上了眼睛，感受到嘴唇上交疊的重量與溫度。

一個畫面出現在夏蟬的面前，她正坐在安全座椅上，手裡抓著小娃娃，看著坐在一旁正不斷哭鬧的男孩。

他大聲對著前方兩個大人喊叫，而夏蟬看著前面的女人轉過頭，有些困擾但還是很有耐心地安撫男孩，女人還伸手拍了拍自己的胸口。夏蟬覺得視線有一點模糊，人不太舒服，不過女人的手讓她好過一點。

旁邊的男孩又大叫了，帶著些許埋怨的雙眼瞪著自己，接著又對著前方的男人、女人大吼。

夏蟬覺得男孩有點吵，可是她記得這個男孩更多時候都會對著自己笑，還會拿好吃的東西給她。

夏蟬喜歡這個男孩，她希望他不要再哭，也不要再亂叫了。

這時候，前方的男人轉過頭來，對著男孩大吼，再後來車內一片混亂。夏蟬感覺到自己轉了好幾圈，她的頭好暈、好想吐。

她可能眞的吐了，因爲車內有很難聞的味道，她想張開眼睛看，然而卻覺得好累、好睏……

所以她應該是睡著了，等她再次張開眼睛，看到的是赫泓的臉。

他帶著微笑，臉頰上有著淡淡的紅暈，這是剛親吻完她後殘留的紅潤，夏蟬一定也是一樣的表情。

「我最喜歡你了。」夏蟬說著，從那時候到現在，從男孩變成男人，她最愛的始終都是他。

「我也喜歡妳。」赫泓也回以一樣的笑容與愛意。

無論物換星移，無論身分地位，儘管最後繞了好大一圈，他們還是相遇了。

他們各自的內心深處，都有一個祕密，而這個祕密，他們永遠不會讓對方知道，也希望永遠都沒有機會解開這個祕密。

他們寧願一輩子都保持模稜兩可的態度，守護這段戀曲。

也許，這份愛會如同蟬一般，撥開泥土迎來陽光，奮力求生，最終死於光芒之下。

這樣的愛情，就是他們所擁有的。

全文完

後記
你願意面對多少眞相

終於來到禁戀系列的最後一本了，首先先和編輯與各位說聲抱歉，這一本眞的是拖了很久，是我史上拖過最久的稿子。

寫這一本時，橘子（之前都叫米粉）還在肚子裡，這本書出版時，橘子已經出生了！我的身分也有了轉變，往後會寫出怎樣的作品，風格和筆觸或是題材會不會有巨大變化，我也很好奇呢。

回歸到這次的系列，「禁忌的戀愛」就是這次系列的主題。

最不禁忌的第一本，師生戀加一點年齡差爲題材，寫成了《謊言後遺症》，與《秋的貓》不同的是，裡面的老師可沒在在乎顏允茵到底有沒有成年，想怎樣就怎樣了（？）。

第二則是《親愛的，這也是戀愛》，在POPO年會上被說是「三觀不正」的代表哈哈哈。人家就是三人行，三個人相愛且一起戀愛而已咩～這是純愛啊！

第三是《暗戀是憂鬱的青色》，雖然相較於三人行，男男的戀愛在現代並不那麼禁忌，但差別是，這個故事的床戲部分比較多，所以放在第三本，總是要一本比一本禁忌啊！

至於最後一本，就是現在大家手裡拿的《留住夏日最後的蟬鳴》。

一如往常，每當我決定好系列時，也會決定好本數跟每一本要寫的主題，所以在最初我就設定好最後一本是最爲禁忌的「兄妹戀」。

隨著寫兄妹戀的日子逐漸靠近，編輯也逐漸擔憂。

「會有床戲嗎？」

「會是從小一起長大的兄妹嗎？」

哈哈哈哈，我當時都說「我也不知道耶，還沒寫」。

總之，最後和編輯深入討論後，對於「眞正有兄弟姊妹」尤其是「有哥哥」的人來說，如果描寫的是從小一起長大的哥哥與自己戀愛，或許會帶入自己的經驗，進而覺得「吼喔，和我哥戀愛很噁欸」（各位哥哥抱歉了）的感覺。加上如果眞的和從小一起長大的哥哥戀愛，在道德上也不太妥當。

於是，明明是最後一本，卻毫無床戲，甚至連親吻都輕輕帶過，然而題材卻是最爲禁忌的一本。

在故事上，我也是輕巧帶過他們是否爲兄妹的事實，不過其實也算寫得很明顯了，兩方都知道彼此是兄妹，卻都不去正視這一點，走一步算一步。

用這樣的方式去描繪一段禁忌的兄妹戀情，也算是某種程度的心塞吧！

我記得小時候常常會想，無論怎樣我都想知道眞話、想知道事實，即便很傷心很痛苦，也要當個清醒人。

那時候看一些劇情或是漫畫，如果主角選擇謊話，或是容納了一丁點的模糊，我都會覺得「好笨啊」、「怎麼這麼傻」、「爲什麼不面對」。

但隨著年紀增長，我逐漸發現到人生就是在灰色地帶前行的，有時候實話不一定得說出來，心照不宣也是一種方式。

這並不表示我們變得愚笨了，只是我們懂得了生命的無奈與妥協，我們懂得在這樣混沌的世界中當個清醒人。

一昧地要所有人坦承相見，也是年少獨有的權利，於是夏蟬和赫泓選擇了他們的方式，讓他們能夠多一天是一天。

另外，以前小時候都聽到人家說蟬在土裡四年，成蟲後七天，不過當我重新查資料時，好像不是那麼絕對，不過在故事中還是寫成七天了。

最後，又是一個系列的完結，時間好快呢。每次一個系列完畢，大概也就過去了一年，你看過我幾個系列的小說，時間也就過去了多少年。想想戀之四季都已經是二○一四的作品了呢，就快要十年了。

至於下一個系列是什麼？以後還會不會有像之前那樣的Misa宇宙，現在我還真的都不知道呢。

目前有些以大局爲重，但我還是會努力創作，和我的小Misa們一起繼續努力下去。

謝謝你們陪我走過許多重要時刻，也謝謝你們一路以來的支持。

感謝馥蔓的等待，感謝靜芬的幫忙，我對二○二三年的自己說，不要再拖稿了！是不是每一年都這樣講哈哈，我會努力的～

那麼，我們下一本書再見了。

Misa

國家圖書館出版品預行編目資料

留住夏日最後的蟬鳴 / Misa著. -- 初版. -- 臺北市：
城邦原創股份有限公司出版：英屬蓋曼群島商家
庭傳媒股份有限公司城邦分公司發行, 2023.01
面；公分. --

ISBN 978-626-7217-10-8（平裝）

863.57　　111021341

留住夏日最後的蟬鳴

作　　者／Misa
企畫選書／楊馥蔓　　行銷業務／林政杰
責任編輯／林辰柔　　版　　權／李婷雯

副總經理／陳靜芬
總 經 理／黃淑貞
發 行 人／何飛鵬
法律顧問／元禾法律事務所　王子文律師
出　　版／城邦原創股份有限公司
台北市中山區民生東路二段 141 號 6 樓
電話：(02) 2509-5506　傳真：(02) 2500-1933
email：service@popo.tw
發　　行／英屬蓋曼群島商家庭傳媒股份有限公司城邦分公司
聯絡地址：台北市中山區民生東路二段 141 號 11 樓
書虫客服服務專線：(02) 25007718．(02) 25007719
24小時傳眞服務：(02) 25001990．(02) 25001991
服務時間：週一至週五09:30-12:00．13:30-17:00
郵撥帳號：19863813　戶名：書虫股份有限公司
讀者服務信箱 email：service@readingclub.com.tw
城邦讀書花園網址：www.cite.com.tw
香港發行所／城邦（香港）出版集團有限公司
地址：香港灣仔駱克道 193 號東超商業中心 1 樓
email：hkcite@biznetvigator.com
電話：(852)25086231　傳眞：(852) 25789337
馬新發行所／城邦（馬新）出版集團 Cité(M)Sdn. Bhd.
41, Jalan Radin Anum, Bandar Baru Sri Petaling,
57000 Kuala Lumpur, Malaysia.
電話：(603) 90563833　傳眞：(603) 90576622
email:services@cite.my

封面設計／Gincy
電腦排版／游淑萍
印　　刷／漾格科技股份有限公司
經 銷 商／聯合發行股份有限公司
電話：(02)2917-8022　傳眞：(02)2911-0053

■ 2023 年 1 月初版　　Printed in Taiwan

定價 / 300元
著作權所有．翻印必究
ISBN　978-626-7217-10-8

POPO城邦原創 www.popo.tw
城邦讀書花園 www.cite.com.tw

本書如有缺頁、倒裝，請來信至service@popo.tw，會有專人協助換書事宜，謝謝！